KB115372

네르가시아 장편소설

FUSION FANTASTIC STORY

다시 무황연대기

도시 무왕 연대기 1

네르가시아 장편소설

초판 1쇄 찍은 날 § 2015년 10월 7일
초판 1쇄 펴낸 날 § 2015년 10월 14일

지은이 § 네르가시아
펴낸이 § 서경석

편집책임 § 이재림

펴낸곳 § 도서출판 청어람
등록번호 § 제387-1999-000006호
등록일자 § 1999. 5. 31
어람번호 § 제1-2248호

주소 § 경기도 부천시 원미구 부일로 483번길 40 서경B/D 3F (우) 14640
전화 § 032-656-4452   팩스 § 032-656-4453
http://www.chungeoram.com
E-mail §chungeorambook@daum.net

ⓒ 네르가시아, 2015

ISBN 979-11-04-90446-2 04810
ISBN 979-11-04-90445-5 (세트)

네르가시아 장편소설
FUSION FANTASTIC STORY

대무황 연대기

목차

프롤로그

　서기 1368년, 홍건(紅巾)이 일어나 원(元)을 멸망시키고 안휘성(安徽省)의 주원장이 명(明)을 세웠다.

　이로써 원의 폭정은 수면 아래로 그 모습을 감추게 되었으니, 백성들은 홍무(洪武)의 날이 왔음을 쌍수를 들어 반기며 기뻐했다.

　그러나 홍무의 날이 도래했음을 탄식하는 사람들도 있었다.

　"허억, 허억!"

　"여보……!"

"걱정하지 마시오. 아직은 괜찮소."

설화령은 구파일방(九派一幇)의 5만 병력을 혼자서 막아내고 있는 남편 천하랑을 위태로운 시선으로 바라보고 있었다.

그들은 무려 10년의 도피 생활 끝에 화령의 친정인 북해빙궁(北海氷宮)으로 돌아왔다.

무림의 구파일방은 설화령과 천하랑을 무림의 공적으로 단정 짓고 그들을 잡아들이기 위해 무려 5만의 무사를 동원했다.

지난 10년 동안 이 부부는 초가삼간에서 쪽잠을 자며 겨울을 버텼으며, 피죽도 제대로 못 얻어먹는 날이 많았다.

그럼에도 불구하고 그들이 구파일방의 긴 추격을 버티고 또 버틴 것은 바로 두 사람의 신념 때문이었다.

약 20년 전, 북해빙궁주 설무창의 딸 설화령은 명교 교주 천태의 아들 천하랑과 백년가약을 맺었다.

그 당시 무림에는 두 가지의 신물이 있었는데, 하나는 북해빙궁의 한빙검(寒氷劍), 또 하나는 명교의 화열검(火熱劍)이었다.

화열검은 명교 교주 천태가 아들의 결혼을 기점으로 폐관 수련에 들어가면서 들고 갔고, 한빙검은 북해빙궁의 백년손님 천하랑이 잠시 맡기로 하였다.

이 두 개의 검은 한때 무림을 피로 물들인 신기였기 때문에 명교와 북해빙궁은 자신들의 목숨보다 더 소중하게 여겼으며, 자신들의 거처에 신기를 봉인했다.

하나 무극의 오의를 갈구하는 무인들은 끊임없이 한빙검과 화열검을 탐하였다.

일격에 천하를 피로 물들일 수 있는 한빙검과 화열검은 무인들에게 있어서 도저히 거부할 수 없는 마약과도 같았던 것이다.

한빙검은 마치 살아 있는 빙하와 같았고, 그 일격은 족히 일천을 얼어 죽게 만든다고 하였다.

화산파의 기산괴인이자 음유시인이던 장파춘은 이 한빙검을 들어 북방의 괴체라고 불렀다.

그만큼 한빙검의 파괴력은 대단하였으며, 당대에 도저히 당할 물건이 없었다.

한편, 화열검은 명교의 조교지사인 천마가 무려 300년 동안 폐관수련하며 만든 신물 중의 신물이었다.

검신은 용암의 불길을 뿜어내며, 그것이 아가리를 벌리는 순간 무림에는 어김없이 도륙천하가 펼쳐졌다.

사가들은 화열검을 역대 무림의 보검 중 가장 악독하며 신묘하다고 평가했다.

이런 화열검과 한빙검은 당연히 무인들의 후각을 자극할 수밖에 없었는데, 그중에서도 유독 한 사람이 이 보검들을 탐하였다.

 구파일방 중 아미파(峨嵋派)의 장문 안산파주가 한빙검을 손에 넣음으로써 천하를 자신의 발아래에 두려고 한 것이다.

 하지만 이미 화열검은 천태와 함께 그 자취를 감추었기 때문에 수면 위에 드러난 것은 천하랑의 한빙검뿐이었다.

 안산파주는 명교의 아들 천하랑이 한빙검을 가진 것을 두고 두 세력이 결탁하여 마교의 찬하를 꽃피우려 한다고 주장했다.

 그로 인하여 천하랑은 무림의 공적이 되어 무려 10년이나 도망자 생활을 연명한 것이다.

 그러던 어느 날, 주원장이 나라를 세우는 데 크나큰 도움을 주었던 명교가 숙청당하게 되었다.

 홍건 활동에 교인들을 동원하여 세력 확장에 조력한 천 씨 일가는 대업을 이룩한 시점에서는 짐이 될 수밖에 없었다.

 하여 주원장은 구파일방을 앞세워 명교를 멸문하려 한 것이다.

 이것은 천하랑 부부의 도망자 생활의 종지부를 찍는 일이 되었음과 동시에 안산파주의 야욕을 이루는 계기가 되었다.

 안산파주는 5만의 무인을 앞세워 설무창을 무참히 살해했으며, 지금은 그 딸과 사위마저 도륙 내려 하고 있었다.

 하지만 건곤대나이(乾坤大나移)의 15대 전수자인 천하랑은 그런 그녀에게 쉽사리 당할 인물이 아니었다.

지금까지 그는 무려 오천의 무인을 폐인으로 만들었으며, 지금도 계속 남은 무인들을 물리치고 있는 중이다.

하나 무력에는 한계는 있는 법이다.

인산파주는 거의 산송장이나 다름없는 천하랑을 바라보며 득의에 찬 미소를 지었다.

"후후, 천하랑! 드디어 네놈의 수급을 취할 날이 도래하였구나!"

"…그래, 나는 이곳에서 죽을 것이다. 허나 심장이 터져 더 이상 손가락 하나 까딱할 힘도 없을 때까지 네놈들을 도륙 내다 죽어갈 것이다. 이 세상이 뒤집혀도 네년의 그 야욕은 아마 이뤄지지 않을 것이다."

"뭐라?"

그는 무림인들의 피로 물든 한빙검을 내자인 설화령에게 건네며 말했다.

"가시오."

"서, 서방님?"

"어서 가시오! 이것을 가지고 처가의 지하로 가시오! 그리고 그곳에 이 신물을 봉인해 주시오!"

"하오나……."

"약해지지 마시오! 우리가 지금까지 10년 동안 겪은 설움은 무엇을 위함이오?! 벌써 그 대의를 잊어버린 것이오?!"

순간, 약해져 있던 설화령이 정신을 번쩍 차렸다.

"…죄송합니다, 서방님. 제 정신이 좀 어떻게 되었나 봅니다."

"그래, 잘했소. 이제 가시오. 난 이곳에 남을 테니."

"그럼 소첩은 이만……."

그리곤 저만치 멀어지는 설화령. 이미 한빙검에 눈이 뒤집혀 버린 안산파주가 심장을 토해내듯 소리쳤다.

"저년을 잡아라!"

"와아아아아!"

또다시 몰려드는 무인들. 천하랑은 그들을 향해 일장을 출수했다.

"마권장(魔拳掌)!"

그는 자신의 기혈에 남아 있는 모든 공력을 전부 다 쥐어짜 마권장 한 수에 모두 담았다.

그 결과 일수에 무려 400이 넘는 무사들이 뒤로 나자빠졌다.

파앙!

"크허억!"

"쿨럭쿨럭!"

"이런 괴물 같은 놈! 끝까지 마공으로 세상을 어지럽히려

하는구나!"

"…허억, 허억!"

거친 숨을 몰아쉬는 천하랑. 이제 그의 단전에는 공력이 남아 있지 않았으며 다시 한 번 일수를 뻗게 되면 기혈이 역류하여 티끌이 아문을 막게 될 것이다.

그렇게 되면 기가 역류하는 현상, 즉 주화입마에 빠져들어 일순간 사망에 도달할 것이 뻔했다.

하지만 그는 기꺼이 자신의 목숨을 버렸다.

"건곤일식(乾坤溢式), 파(破)!"

콰앙!

백색 권풍과 함께 붉은 전기가 사방을 물들였고, 구파일방의 무사들은 단말마도 남기지 못한 채 줄줄이 사라져 갔다.

파바바바바박!

"…꺼흑!"

"커헉, 커헉!"

그리곤 이내 피를 토해내는 천하랑. 기혈이 역류하여 고통스럽게 죽어가는 와중에도 그는 미소를 짓고 있었다.

'내생에서 다시 만납시다.'

*　　　*　　　*

북해빙궁 지하서고.

눈물에 젖은 설화령은 잠시나마 남편 천하랑과의 추억을 되새겨 보았다.

"흑흑!"

20년이라는 결혼생활 동안 두 사람이 해본 것이라곤 그저 삼시 세 끼를 어떻게 챙겨 먹을까에 대한 고민뿐이었다.

그녀는 살아오면서 남편에게 따뜻한 밥 한 번 해준 적이 없다는 것에 눈물지었다.

하지만 그녀에겐 사명감이 남아 있었다.

"후우, 내가 약해지면 안 되지."

이내 남편과의 약속을 가슴에 아로새기며 슬픔을 일갈하는 설화령이다.

바로 그때, 지하서고 근방으로 익숙한 목소리가 들려왔다.

"소궁주님! 화령 아가씨!"

"표국 무사들?"

"아가씨! 이곳에 계셨군요?"

온몸이 피로 범벅이 된 표국 무사들이 그녀의 앞에 일제히 부복했다.

차라락!

"소궁주님을 뵙습니다!"

"일어나세요. 그나마 천만다행입니다. 당신들이 살아남아 있을 줄이야."

북해표국은 이곳 북해빙궁의 자금줄을 담당하던 상단으로, 서역과 동방을 고루 오가며 재물을 축적해 왔다.

그들은 남방의 오랑캐는 물론이요, 서방의 약탈자들까지 물리쳐 가며 피로 이 표국을 이룩했다.

그런 표국의 생환은 그녀에게 더없는 기쁨으로 다가왔다.

"…간신히 목숨만 건졌습니다. 북쪽에서 명의 군사들이 쳐들어오는 바람에 제1창고를 빼앗겼지요. 도망치면서 그곳을 무너뜨리긴 했습니다만 병사들을 막아낼 수는 없었습니다."

"괜찮아요. 일단 살았잖아요?"

"그렇긴 합니다만……."

표국 무사들은 입술을 짓깨물었다.

제1창고는 북해빙궁의 선단인 만년설삼(萬年雪蔘)과 북해의 신수 백아고래(白雅鯨)의 심장이 보관되어 있는 곳이다.

또한 서역의 진귀한 보물과 보석이 전부 다 들어 있기 때문에 표국에선 이곳을 심장처럼 소중히 여겼다.

그런 창고를 무너뜨릴 수밖에 없었다는 것은 표국의 무사들에겐 죽음보다 더한 치욕이었을 것이다.

"저희들은 죽어서도 궁주님을 뵐 면목이 없습니다! 전장에서 등을 보이다니 죽어 마땅합니다! 차라리 이곳에서 자결하겠습니다!"

그녀는 고개를 가로저었다.

"아니, 그러지 마세요. 당신들은 끝까지 살아남아 북해빙궁의 명맥을 이어나가야 해요."

부우욱!

설화령은 치맛자락을 뜯어내 혈서를 작성하기 시작했다.

北海氷宮 小主 雪花英(북해빙궁 소주 설화령)

그리곤 그것에 소궁주의 인장이 달린 노리개를 묶어 자신이 이들에게 칙명을 내렸음을 증명했다.

"이것을 가지고 서쪽으로 가세요. 그곳에서 우리 표국의 지파들과 합류하여 세력을 구축하세요. 그리고 그 언젠가 천교주님께서 폐관수련에서 나오게 되면 그분을 도와주세요."

무사들은 고개를 가로저었다.

"그럴 바엔 차라리 저희들과 함께 가시지요. 한빙검으로 이곳을 봉인하면 시간을 벌 수 있을 겁니다. 그 이후에 교주님과 함께 화열검을 앞세워 저 잔악한 무리를 처벌하시지요."

"소궁주님, 저희와 함께 가시지요!"

100인의 무사들이 그녀에게 고개를 숙였지만, 설화령은 아주 정중하게 거절했다.

"아니요. 저는 이곳에서 서방님의 뒤를 지켜드릴 겁니다. 지

아비를 맞은 아낙으로서 어찌 홀로 돌아설 수 있단 말입니까?
부부는 일심동체, 저는 이곳에서 죽을 것입니다."

"하, 하오나……."

"가세요. 소궁주로서 내리는 마지막 명령입니다."

입술을 짓깨무는 무사들, 그들은 어쩔 수 없이 자리에서 일
어섰다.

"불충을 용서하십시오!"

두 번 절을 올린 무사들은 이내 모습을 감추어 버렸고, 설
화령은 조용히 눈을 감았다.

*　　　*　　　*

서기 2010년, 러시아 레나강 중류의 어느 지점.

2월의 추운 겨울이 매서운 냉기를 뿜어내고 있다.

휘이이이잉!

이곳은 정확한 지명이 정해져 있지 않은 오지이며, 한여름
에도 얼음이 얼 정도로 한랭한 기후가 이어진다.

또한 이 주변은 모두 침엽수뿐인 타이가가 형성되어 있고,
이 줄기는 시베리아의 거대한 산맥들과 인접하고 있다.

2월의 북극령은 극한의 냉대기후에 접어드는데, 최악의 상
황에선 영하 70도까지 온도가 내려가기도 했다.

만약 이곳에 넝마 한 장 간신히 걸친 사람이 떨어져 내린다면 어떻게 될까?

답은 당연히 죽음이다.

"…빌어먹을!"

혹한의 추위에 혈혈단신으로 움직이는 사내의 이름은 김태하. 대한민국 재계 1순위의 대한그룹 후계자다.

IQ수치 165의 수재이며 멘사 정회원에 가입되어 있을 정도로 두뇌가 뛰어난 그다.

김태하는 어려서 중학교를 중퇴하고 곧장 검정고시를 거쳐 최연소 고졸자가 되었고, 무려 열네 살에 미국 콜롬비아대학에 특채로 입학했다.

그는 콜롬비아대학에서 아이비리그 생활을 했으며, MBA 과정을 밟아 경영학도로서 첫걸음을 떼게 되었다.

또한 그와 동시에 그는 3년 동안 군에서 장교로 복무하면서 사법시험과 공인회계사를 준비, 단번에 시험에 합격했다.

제대 이후에는 2년 동안 사법연수원에 머물면서 법에 대한 지식을 쌓았고, 그 이후에는 회계사 신분과 더불어 법적인 지식을 교묘히 섞어 탄탄대로의 행보를 보여주었다.

한국 신문사들은 그런 그의 일거수일투족을 신문에 대서특필했고 김태하는 한국의 자랑으로 남았다.

그런 그가 재계 1순위 대한그룹의 후계자가 되었을 때, 국

민들은 쌍수를 들어 환영했다.

사람들은 그를 두고 재계 영웅 김천팔의 현신이니, 유라시아의 날개이던 이형춘의 환생이니, 하며 극찬을 아끼지 않았다.

언론과 재계 사이를 아우르며 극찬을 받아오던 그가 하필이면 비행기 폭발 사고에 휘말리게 된 것은 천인공노할 만한 사연이 엮여 있다.

"개새끼들, 이런 씨발 새끼들!"

그는 이 비행기 폭발이 일어나던 시점까지 아주 행복한 가정의 아들이자 오라비, 누군가에겐 소중한 친구였다.

또한 5만 근로자의 수장이었으며, 한국 재계 영향력 1순위에 오를 예정인 수재 중의 수재였다.

하지만 그는 가장 신뢰하던 백부와 사촌의 계략에 의해 지금 이 꼴이 되어버렸다.

"만약 나의 목숨이 붙어 있는 한 네놈들을 반드시 쳐 죽이리라! 심지어 내가 죽더라도 귀신이 되어서라도 네놈들을 저주할 것이다!"

믿었던 사람들의 배신. 지금 그가 할 수 있는 것은 오로지 눈물에 찬 포효뿐이었다.

1. 남자, 추락하다.

 2010년, 서울 서초동에서 대한민국 최고의 기업 대한그룹의 발목을 잡는 주주총회가 열리고 있다.

 대한그룹은 지주회사 대한정밀을 필두로 하여 총 45개의 상장 계열사와 50개의 비상장 계열사를 거느린 초대형 기업 집단이다.

 그러나 여느 대기업들이 그러하듯 대한그룹은 최소한의 비용, 최고의 효율성으로 지배 구조를 구축하는 거미줄식 지배 구조를 구축하고 있었다.

 이를테면 하나의 기업 집단 총수 그룹이 A부터 C까지의 기업을 가지고 있다고 가정했을 때, 총수 그룹은 A의 지분을 55% 소유하게 된다.

A회사는 총수의 55% 지분으로 인해 단단한 경영 체계를 구축하게 되고, 그들은 다시 계열사인 B의 지분을 50%가량 소유한다.

그렇게 되면 B사는 당연히 A사의 지배를 받을 수밖에 없게 되고, 총수 그룹은 A를 지배함으로써 B까지 동시에 지배하게 되는 것이다.

그렇게 A의 지분을 55%, 그리고 A가 B의 지분을, 다시 B가 C의 지분을 확충하면서 기업의 거대한 몸집은 오로지 회장에 의해 좌지우지하게 된다.

이런 식으로 거미줄처럼 서로 얽히고설켜 지배 구조를 확충하게 되면 세금 추징을 비롯한 자금 출혈을 아주 효율적으로 막을 수 있다.

하지만 이런 경영 구조는 아주 엉뚱한 곳에서부터 균열을 일으키기도 한다.

대한그룹은 지주회사의 지분 95% 이상을 외주 투자로 유지하고 있었는데, 이것은 거미줄식 지배 구조 덕분에 이룩된 현상이었다.

그런 지배 구조에서 만약 20% 이상의 주식을 보유한 외국계 기업이 담합하여 경영에 간섭하려 한다면 상당히 골치 아프게 된다.

현재 대한그룹은 중국계 회사 에이마르 홀딩스와 미국계 회사 아파린 투자신탁의 공격으로 인해 절체절명의 위기를 맞이하고 있었다.

대한그룹은 이제 슬슬 3세대 경영에서 4세대 경영으로 세대를 교체하고 있었는데, 그 물갈이 과정에서 이 두 회사가 딴죽을 걸어버린 것이다.

대한그룹은 회장의 지분을 모두 후계자가 받아가는 한편, 지주회사가 나머지 회사들을 인수 합병하면서 출자 구조를 단일화시키려 했다.

하지만 이 과정에서 에이마르 홀딩스와 아파린 투자신탁이 인수 합병을 반대하는 결의안을 발동시켰으며, 이것은 긴급 주주총회를 소집하는 소동을 일으키게 되었다.

서울 서초동 대한빌딩 지하 회의실.

이곳에는 무려 500명이 넘는 주주들이 모여 총회를 준비하고 있었다.

현재까지 알려진 찬반 수는 50 : 50, 에이마르와 아파린이 외국 투자자들을 선동하여 의석수를 채워 넣은 것이다.

하지만 이런 위기의 상황에서도 침착함을 잃지 않는 사람이 있었으니 그는 바로 대한그룹의 신성이자 경영 스타 김태하였다.

"총괄이사님, 이번 경합에서 지면 우리는 끝장입니다. 정부에 연락을 취하는 것이 좋지 않겠습니까?"

김태하의 비서이자 사촌인 김태형은 걱정 어린 시선으로 대한그룹을 덮쳐온 오랑캐들을 바라보았다.

하지만 정작 본인은 아주 여유로운 표정으로 일관하고 있었다.

"내가 그렇게 호락호락하게 당할 사람으로 보이나?"

"그건 아닙니다만, 지금 돌아가는 이 판세를 보면……."

"걱정하지 마. 다 잘될 테니까."

이윽고 두 사람 앞에 사회자로 보이는 사내가 걸어 나와 마이크를 잡았다.

그리고 그는 아주 경건한 표정으로 회사에서 준비한 대본을 차근차근 읽어나갔다.

"지금부터 대한그룹 임시주주총회를 시작하겠습니다."

이번 안건은 인수 합병에 대한 찬반이다. 사회자는 무겁게 내려앉은 목소리로 표결을 시작했다.

"찬성과 반대표를 합산하여 안건을 통과시키느냐 마느냐를 결정하겠습니다. 그럼 표결을 시작합니다."

표결은 아주 빠르게 진행되어 지지와 반대가 나뉘었다.

사회자는 결과가 적힌 종이를 받아 들고는 아주 긴장된 표정으로 발표했다.

"이번 표결의 결과는……."

꿀꺽!

장내에 가득하던 긴장이 마치 시한폭탄처럼 절정을 향해 치닫는 바로 그때였다.

따르르릉!

전화기가 울린 쪽은 외국인 투자자들 쪽이었는데, 그 소리는 점점 더 늘어갔다.

그리곤 이내 회의장에 모인 절반가량의 사람들이 전화를 받아야만 하는 사태가 벌어졌다.

결국 표결은 잠시 미뤄질 수밖에 없었고, 외국인 투자자들은 그 틈을 타 전화를 받았다.

한데 전화를 받은 사람들의 표정이 하나같이 잿빛으로 물들었다.

"…뭐라?"

그러면 그럴수록 김태하의 입꼬리는 서서히 올라가고 있다.

이윽고 외국인 투자자들이 자신들이 낸 표결을 취하하겠다는 입장을 표명했다.

"기권이오."

"네? 그게 무슨……."

"기권이란 말이오. 이만 주주총회에서 손을 떼겠단 말이외다. 그럼."

그리고선 뒤도 돌아보지 않고 사라지는 외국인들. 김태하는 그제야 자리에서 일어서 두 팔을 활짝 폈다.

"자, 그럼 이제 우리는 장을 정리하는 일만 남은 셈이군."

"…이, 이게 도대체 무슨 영문이지?"

김태하는 손수 회의장 의자를 걷어내고 있었고, 주주총회는 그렇게 막을 내렸다.

＊　　　＊　　　＊

언론은 대한그룹의 후계 구도 확립에 따른 유혈 사태로 기억될 뻔한 주주총회를 싱거운 반란이라고 평가했다.

임시주주총회가 끝나고 난 후 김태하는 기자들을 피해 평창에 있는 한 별장으로 향했다.

이곳은 그의 아버지 김태평 회장이 기거하고 있는 곳으로, 태하는 요즘 깊어진 그의 병세가 호전되기를 바라고 있었다.

"아버지, 저 왔습니다."

별장 안으로 들어선 김태하를 바라보며 김태평 회장은 애써 몸을 일으켰다.

"…왔느냐?"

"누워 계시지 왜 일어나세요?"

"그래도 고생한 아들이 돌아왔는데, 누워 있을 수만은 없는 일 아니냐?"

"아버지도 참⋯⋯."

김태평은 대한그룹의 3대 회장으로 선임되면서부터 지금까지 단 하루도 제대로 휴식을 취한 적이 없었다.

천재 아들에게 제대로 된 그룹을 물려주어야 한다는 사명감 때문인지, 대한민국 재계 1순위를 반드시 고수해야 한다는 부담감 때문인지 그는 하루도 쉬는 날이 없었다.

그럼에도 불구하고 김태평 회장은 가족 모임에는 빠지지 않고 참석했으며, 어려서부터 태하와 그의 동생 태린의 추억에 자신을 각인시키는 데 시간을 아끼지 않았다.

태하는 그런 아버지를 항상 흠모하고 있었으며, 자신의 인생에 있어 유일한 롤모델로 삼고 있었다.

좋은 아버지, 남편, 아들이던 김태평 회장은 슈퍼맨처럼 살아왔지만 인간은 결국 슈퍼맨이 될 수 없었다.

지금 그는 앞으로 한 달을 장담할 수 없을 정도로 심각한 지병과 합병증에 시달리고 있었다.

아마 이번 후계 구도가 제대로 마무리 지어지지 않았다면 그는 더 이상 버티지 못했을 것이고, 대한그룹은 갈기갈기 찢어져 산산조각이 났을 것이다.

김태평은 아직 넥타이도 풀지 못한 채 자신의 곁을 지키는 아들에게 씁쓸한 미소를 지으며 말했다.

"내가 괜히 너에게 짐을 지우는 것은 아닌지 걱정되는구나."

"무슨 그런 말씀을……."

"대한그룹을 너 한 사람에게 맡긴다는 것이 얼마나 힘든 일인지 잘 안다만, 나로선 어쩔 수 없는 선택이었다."

"잘 알고 있어요. 그리고 이 길은 제가 좋아서 선택한 겁니다. 아버지는 잘못 없으세요."

"…고맙고 미안하구나."

무소불위의 권력을 짊어지는 것은 수라의 길을 자처하는 것이라고 말하곤 한다.

김태평은 앞으로 그가 얼마나 더 기나긴 시간을 버텨야 할지 감히 상상조차 할 수 없었다.

하지만 그에게 있어 지금 이 길은 어쩔 수 없는 선택이었다고 생각했다.

일을 마친 태하는 그에게 조금은 투정 어린 불만을 늘어놓는다.

"그나저나 그 두 놈은 도대체 무슨 깡다구죠? 아버지가 만들어놓으신 사모펀드 주제에 회사를 넘보다니, 제 친구들이 아니었다면 큰일 날 뻔했습니다."

"그러게 말이다. 내가 몸이 이래서……."

"…망할 놈들 같으니. 양심이 없어도 유분수지."

"하지만 네가 잘 막아냈으니 된 것 아니냐? 너무 분해하지 말거라."

　김태평은 자회사의 계열사들을 우량주로 키우기 위해 중국계 사모펀드와 미국계 사모펀드를 조직했다.

　에이마르 홀딩스와 아파린 투자신탁은 그가 젊어서부터 모아둔 재정적 기반을 모두 끌어모아 만든 조직이다.

　지금까지 대한그룹이 수많은 국감과 검찰청 내사를 받으면서도 단 한 번의 추징을 당하지 않은 것도 모두 두 기업 덕분이었다.

　하지만 애써 키운 개가 주인을 무는 격으로, 그들은 김태평이 병석에 눕자마자 기다렸다는 듯이 회사를 공격해 왔다.

　그러나 가만히 앉아서 그런 그들의 배은망덕한 야욕을 지켜보고만 있을 태하가 아니었다.

　그는 자신이 MBA 과정을 수료하면서 만난 외국계 투자가들과 함께 사모펀드를 조직하여 두 기업에 압력을 넣었다.

　지금 에이마르 홀딩스와 아파린 투자신탁은 외국계 자산가들과 함께 손을 잡고 있는데, 그중에는 영국계 마피아도 있고 중국의 삼합회도 있었다.

　그들이 경영하고 있던 업장의 투자자들을 태하의 친구들이 직접 푸시하면서 결국엔 에이마르와 아파린이 버티지 못하고 백기를 든 것이다.

　아마도 지금쯤 그들은 태하를 죽이지 못해 안달이 나 있을

지도 모른다.

하지만 그는 자신이 죽는 것쯤은 전혀 무섭지 않았다.

두 사람이 대화를 나누고 있을 때, 별장 문이 열리며 두 여인이 들어섰다.

"오빠!"

"태린이 왔구나."

"헤헤, 오늘은 좀 늦었네?"

"알잖아? 오늘 무슨 일이 일어났는지."

"뭐, 그건 그렇지."

태린은 대한그룹 김 씨 일가에서 유일하게 경영학도의 길을 걷지 않은 사람이다.

어려서부터 발레를 좋아한 태린은 경영학 대신 무용을 전공하여 러시아 볼쇼이 발레단에 입단했다.

대한그룹의 일원으로서는 아주 이례적인 일이었지만 오히려 김태평 회장은 그런 그녀의 선택을 쌍수를 들고 환영했다.

집안에서 자유로운 영혼인 그녀이긴 하지만 아버지 김태평 회장의 병환 소식은 그녀를 한국으로 불러들였다.

"아빠, 일어나 있으면 어떻게 해? 어서 누워요."

"그래, 알겠다."

"하여간 아빠는 오빠만 보면 가만히 있지 못한다니까."

"후후, 내가 그랬나?"

"가만 보면 아빠는 나보다 오빠를 더 좋아하는 것 같아."

"그럴 리가 있나? 내가 우리 공주님을 얼마나 사랑하는데."

"피, 거짓말!"

태하는 입을 삐죽 내민 그녀에게 붉은색 상자 하나를 건넸다.

"그만 투덜거리고 이것이나 받아."

"우와, 이게 뭐야?!"

"오다가 샀어. 어머니 것과 네 것 하나씩."

그는 가끔씩 어머니와 여동생에게 보석을 선물하곤 했는데, 이것이야말로 그가 돈을 버는 유일한 낙이라고 할 수 있었다.

김태평 회장의 뒤치다꺼리를 갈무리하느라 조금 늦게 들어선 태하의 어머니 유정화가 함박웃음을 지었다.

"어머나, 태하야, 무슨 이런 걸 또 다 샀니?"

"오늘은 좋은 날이니까요. 어머니는 블루 사파이어를 좋아하시죠? 태린이는 루비."

"헤헤, 우리 오빠 최고! 내가 이래서 오빠를 질투할 수가 없다니까!"

"짜식."

유정화는 태하가 사 온 보석을 한참 동안이나 바라보더니 이내 뭔가 생각났다는 듯이 정신을 차리고 물었다.

"아참, 태하야, 오늘 네 승전 파티가 있는 날 아니니?"

"승전이라고 하기엔 조금 뭣하지만, 그런 일이 있긴 있죠."

"어서 가보거라. 네 약혼녀가 기다리겠어."

태하는 오늘 무역 재벌 적산그룹의 장녀이자 소꿉친구인 약혼녀 세라와 파티를 약속했다.

오늘 파티에는 국내 굴지의 그룹에 속한 자제들이 대거 참석하기 때문에 그는 무조건 얼굴을 비춰야만 했다.

그는 어쩔 수 없이 별장에서 걸음을 돌릴 수밖에 없었다.

"그럼 아버지, 어머니, 다녀올게요. 태린이 너는 어머니를 도와서 아버지를 잘 수발하도록 해. 알겠지?"

"그래, 태하야. 시간 걱정하지 말고 푹 쉬다 오너라."

"걱정하지 말고 다녀와."

이윽고 그는 가족들을 뒤로한 채 다시 숨 막히는 사교의 현장으로 발걸음을 돌렸다.

*   *   *

서울 강남 고려호텔 스카이라운지에는 대한민국 재계 1위부터 50위 안에 드는 재벌가의 자제들이 모여 파티를 즐기고 있다.

오늘의 주인공은 단연 대한그룹의 후계자이자 현 총괄이사이며 차기 부회장인 태하였다.

"이야, 김 이사, 오늘 무슨 마법을 부린 거야? 그놈들 얼굴이 아주 보기 좋게 일그러졌던데?"

"마법은 무슨, 그냥 친구들의 도움을 조금 받은 것뿐이야."

"하여간 대단한 친구야. 그렇지 않아?"

대한민국 자동차 재벌 문성그룹의 후계자이자 축구신동 문장현은 태하의 중학교 동창이다.

그는 매 순간마다 태하를 치켜세우느라 입에 침이 마를 날이 없지만, 정작 그다지 영양가가 있는 친구는 아니었다.

그런 그의 호들갑 사이로 태하의 사촌이자 소꿉친구인 김태우가 모습을 드러낸다.

"태하야, 이제 왔구나? 왜 이렇게 늦었어? 친구들이 많이 기다렸어."

"그랬나? 미안해."

"아니야. 미안하긴. 그렇게 큰일을 해냈는데. 아버지께서도 아주 크게 기뻐하셨어. 네가 자랑스럽다며 동네방네 소문 다 내고 다녀서 내가 아주 곤란할 지경이라니까."

"하하, 하여간 큰아버지도 참."

태하의 백부이자 대한물산의 총수인 김충평은 그룹 총수의 자리를 놓고 경합하다 밀려난 비운의 비즈니스맨이다.

하지만 그는 젊은 날의 승부를 겸허하게 받아들였고, 지금은 태하의 대부를 자처했다.

그만큼 두 집안은 아주 막역하면서도 긴밀한 사이를 유지하고 있었다.

세 사람이 일상적인 대화를 나누고 있을 때, 저 멀리서 한 여성이 도도한 걸음으로 다가왔다.

또각또각.

거침없는 발걸음과 시원한 이목구비, 재계의 꽃이라고 불리는 적산그룹의 한세라다.

그녀는 태하와 어려서부터 함께 자라왔고, 지금은 미래를 약속한 사이가 되었다.

세라는 특유의 시원스러운 미소로 태하의 곁에 머물렀다.

"왔어? 전화도 안 받고, 너무한 것 아니야? 이런 아름다운 약혼녀를 놓아두고 말이야."

"그랬나? 내가 워낙 핸드폰을 들여다보지 않아서 말이야."

"훗, 내가 뭘 더 바라겠어? 이게 당신이라는 사람인데."

살짝 투덜거리면서도 그녀는 태하의 옷매무새를 단정이 잡아주었다.

태하는 그런 그녀의 손길이 익숙했기 때문에 개의치 않고 대화를 이어나갔다.

"그나저나 유주는?"

"이제 곧 올 거야. 우리 박 검사님께선 워낙 공사다망하셔서 말이지."

"후후, 그렇구나. 그 작은 체구로 잘도 해내고 있어. 대단해."

태하와 태우, 세라는 제약 재벌 유신제약의 차녀 박유주와 어려서부터 소꿉친구로 함께 자랐다.

때문에 이 네 사람은 아주 막역한 지기로 서른이 넘도록 함께하고 있는 것이다.

유주는 현재 서울중앙지검에 소속된 검사로서 벌써 10년째 공무를 수행하고 있는 중이다.

그녀의 집안에서는 그런 그녀를 마뜩찮게 여겼지만, 그녀는 자신의 일에 자부심을 갖고 성심성의껏 공무에 임했다.

태우는 파티에 도착한 태하를 데리고 스카이라운지 안쪽으로 들어섰다.

"자자, 가서 한잔하자고. 오늘은 좋은 날이잖아? 게다가 너에게 할 말도 좀 있고 말이야."

"그래, 그럼 그럴까?"

세 사람은 함께 술을 한잔 기울이기로 했다.

＊   ＊   ＊

무려 세 시간이나 이어진 술자리, 태하는 태우에게 아주 뜻밖의 소식을 접했다.

"오일 달러라……."

"네가 맡아주었으면 좋겠다고 아버지께서 직접 말씀하셨어. 아무래도 나보다는 그룹 총괄이사인 네가 중동으로 직접 가는 편이 보기 좋지 않겠어?"

"흠……."

요즘 대한그룹은 중동 원유시장에 손을 대고 있었는데, 열 개 회사 합작으로 착굴한 유전이 드디어 터졌다.

그래서 그룹에서 협상단을 파견하여 차후의 일정을 조율하기로 한 모양이다.

그룹 총괄이사인 자신이 모르는 일이 있을까 싶기도 했으나 워낙 알짜배기 사안이기에 그는 고심하지 않을 수 없었다. 유전은 개발하는 것으로 끝나는 사업이 아니기 때문이다.

더군다나 열 개 회사가 합작으로 유전을 굴착한 것이기 때문에 한번 협상을 잘못 타결하면 남는 것이 없는 일이기도 했다.

하지만 중동으로 날아가는데 단 한 가지 걸리는 일이 있다면 아버지의 병환이다.

"다른 대리자를 구해볼 수는 없는 건가?"

"우선 너보다 뛰어난 협상가를 구할 재간이 없어. 너도 잘 알다시피 이번 사안은 글로벌 사업이야. 당연히 외국 물을 먹은 사람이 유리하지 않겠어? 더군다나 너는 변호사 자격증도 있잖아."

"뭐, 그렇긴 하지만……."

"스펙으로 압박할 수 있는 네가 가는 편이 좋을 것 같아서 그래. 해줄 수 있겠어?"

아버지의 병환이 걱정되긴 하지만 알짜배기 사업을 망칠 수는 없는 노릇이다.

그는 어쩔 수 없이 고개를 끄덕였다.

"좋아, 내가 갈게. 하지만 차후 일정에 대해선 내가 결정해도 되지?"

"물론이지. 회사 전용기를 준비시킬 테니까 이틀 후에 출발하도록 해. 부탁 좀 할게."

"부탁은 무슨, 어차피 집안일인데, 뭐."

"하하, 그래, 고맙다."

중동 출장이 마뜩찮은 태하였지만 사촌의 부탁을 거절할 수 없어 고개를 끄덕였다.

해서 마음이 마냥 좋지만은 않은 태하였다.

그러나 그런 그의 마음을 조금이나마 가볍게 만들어줄 수 있는 사람이 나타났다.

"태하야, 벌써 와 있었구나?"

"유주 왔구나."

"자식, 오늘 좀 멋있더라? 기사 봤어."

"후후, 멋있긴, 그냥 친구들 덕 좀 본 것뿐이야."

"그래도 네가 아니면 절대 못할 일이었어. 안 그래, 다들?"

"맞아. 태하가 아니었다면 그룹을 지켜내지 못했을 거야."

태하의 친구 유주는 항상 그의 편에 서서 무엇이든 태하 중심으로 생각해 주는 몇 안 되는 사람 중 하나였다.

아마 그녀는 태하가 사람을 죽였다고 해도 충분히 그 속사정을 이해해 줄 것이다.

그녀는 특유의 반짝거리는 눈망울로 태하를 바라보았다.

"내가 그 현장에 있었어야 하는데… 크, 아깝다!"

"후후, 싱거운 녀석."

작은 체구에 동글동글한 얼굴, 거기에 커다란 눈은 그녀의 인상을 아주 귀엽게 만들어주었다.

이렇게 귀여운 얼굴의 그녀이지만 복싱과 검도, 유도, 이종격투기 등으로 단련된 종합 18단의 고수이다.

그녀는 틈만 나면 태하의 손을 꺾거나 다리를 걸어 넘어뜨렸는데, 그 힘이 타의 추종을 불허할 정도였다.

유주는 마치 습관처럼 태하의 손목을 잡아 확 꺾었다.

우득!

"으으으윽! 아파, 이 무식한 놈아!"

"자랑스러운 친구이니까 팔 한번 꺾어줘야지? 스트레칭 겸."

"…무지막지한 녀석 같으니!"

말은 그렇게 해도 태하는 그녀를 상당히 중요한 사람으로 생각하고 있기 때문에 만약 그녀가 손목을 꺾지 않았다면 되레 서운할 뻔했다.

이윽고 그의 손을 놓아준 그녀가 태하의 중동 출장에 대해 말했다.

"그나저나 무슨 중동? 방금 전 들으니까 중동으로 출장을 간다고 하던데."

"들었어? 그렇게 되었어."

"그 큰일을 치르고 나서 바로 출장이라니 너무 빡빡한 것 아니야?"

그녀의 걱정 어린 시선에 세라가 조금 낮게 가라앉은 눈으로 말했다.

"이제 곧 부회장이 될 사람인데 일정이 조금 빡빡할 수도 있지. 아니, 오히려 이런 생활을 견디면서 배워야 할 것이 많다고 생각해."

"흠, 네가 그렇다면……."

어려서는 상당히 친근하던 두 사람이지만, 어쩐지 나이를 먹으면서부터는 서로 말을 섞는 모습이 썩 자연스럽지가 못했다.

아무래도 유주가 태하와 가깝게 지내는 것을 세라가 마음에 들어하지 않는 것 같았다.

태하는 자리가 더 어색해지기 전에 두 사람을 갈라놓았다.

"자, 마시자! 유주도 왔으니 새롭게 한잔해야지!"

"그럼 그럴까?"

"건배!"

네 사람은 오랜만에 술잔을 기울였다.

＊　　　＊　　　＊

태하의 출국일.

태린과 세라는 그를 배웅하기 위해 공항에 도착해 있었다.

"몇 시에 출발할 거야?"

"정해진 시간대로."

"전용기인데 조금 더 머물다 가는 것이 어때?"

"아니, 그럴 수야 있나? 기장이 정한 대로 따라야지."

전용기를 타고 출국하는 태하이기 때문에 딱히 정해진 스케줄대로 맞춰 움직일 필요는 없었지만, 그는 한 구역의 수장을 상당히 존중하는 경향이 있었다.

비행기 역시 자신이 마음대로 움직일 수 있다고 해서 유동적으로 스케줄을 조정하는 갑질은 최대한 하고 싶지 않았다.

세라는 그런 그를 이해할 수 없다는 듯이 고개를 가로저었다.

"이럴 것이라면 무엇 때문에 전용기를 대절해? 그냥 일반 항공기를 타고 말지."

"후후, 이 또한 오빠의 매력 아니겠어요?"

"…너도 약간 브라더 콤플렉스가 있는 것 같아."

"헤헤, 뭐 어때요? 우리 오빠인데."

그저 태하가 하는 일이라면 무엇이든 대단하고 멋있어 보이는 태린이다.

세라는 그런 태린의 행동이 가끔은 과하다고 느낄 때가 있었다.

하지만 그것은 어디까지나 제3자의 입장이다.

"오빠, 가서 전화해. 올 때 선물 사 오는 것 잊지 말고. 그리고 밥 잘 챙겨 먹어."

"그래, 너도 잘 지내고 있어. 사우디에서 좋은 물건 많이 사 올게."

"헤헤, 우리 오빠 최고! 사랑해, 오빠!"

"그래."

여동생 태린과 자신은 영혼으로 이어져 있다고 믿는 태하였다. 그런 남매에게 애초에 '과하다'라는 단어는 어울리지 않았다.

마음껏 포옹하고 애정을 표현한 두 남매에게 기장이 다가와 말했다.

"이제 슬슬 출발하시는 것이 좋겠습니다."

"그럼 그럴까요?"

오히려 연인인 세라보다 훨씬 더 가까이 붙어 있던 태린이 이내 눈물을 글썽였다.

"히잉, 금방 오는 거지?"

"당연하지. 울지 말고."

"…알겠어. 금방 와야 해?"

"그래."

생때같은 여동생을 떨어뜨려 놓은 태하가 전용기에 오르자 두 사람은 손을 흔들었다.

*　　　　*　　　　*

서울 성북동에 위치한 모던 저택.

이곳은 대한그룹 후계 서열 2위이던 김충평의 자택이며 대한물산의 심장부이기도 하다.

늦은 밤, 김충평의 장남 김태우가 그의 저택으로 들어섰다.

"아버지, 저 왔습니다."

"왔느냐?"

한창 난의 이파리를 닦아주며 정신 공양에 빠져 있던 김충평이 아들에게로 고개를 돌렸다.

"떠났느냐?"

"네, 아버지. 오늘 전용기로 출발했습니다. 아마 네 시간 후엔 현지에 도착하게 되겠지요."

"역시 행동력 하나는 정말 알아줘야 하는 놈이구나."

"그게 태하의 장점이자 단점 아니겠습니까?"

이윽고 그는 난을 옆으로 치워놓고 술을 한 병 꺼내 들었다.

쪼르르르.

"한잔 받아라."

"네, 아버지."

두 부자는 알코올 함량 50도가 넘는 독주를 단번에 들이켰다.

꿀꺽!

하지만 두 사람 모두 표정 하나 변하지 않고 아주 평안한 얼굴로 서로를 바라보았다.

김충평은 그에게 다시 한잔 따라주며 말했다.

"매번 말하는 것이지만 일에는 끝맺음이 가장 중요하다. 물론 실무에서 뛰고 구르며 모든 것을 익힌 네가 가장 잘 알 테지만 말이야."

"명심하겠습니다."

태하가 어려서부터 엘리트의 길을 걸으면서 변호사, 회계사로서 회사 내부에서 입지를 다져왔다면, 태우는 비즈니스맨이자 로비스트로 커왔다.

항상 음지에서 발로 뛰며 모든 것을 경험한 그는 특유의 화려한 언변과 각계각층의 인맥을 동원하여 협상을 유리한 고지로 이끌었다.

로비에 대해선 그를 따라올 자가 없을 정도로 수완이 좋으며 두뇌 회전 또한 좋은 김태우다.

김충평은 그런 그에게 왕재가 있다고 믿고 있었다.

"총수는 왕과 같은 자리다. 쉽사리 오를 수 없는 자리이지만 그만한 가치를 가지고 있지. 너는 그 가치에 자신을 던질 준비가 되었느냐?"

"물론입니다."

"그래, 알겠다."

이윽고 김태우가 집을 나서자 김충평은 어디론가 전화를 걸었다.

"시작하지."

―네, 알겠습니다.

그리곤 곧바로 전화를 끊어버린 김충평은 사용한 전화기에 곧장 술을 부어버렸다.

쪼르르르르.

이제 이 전화기는 제 기능을 하지 못하게 될 것이다.

물론 이 전화는 명의자를 추적해도 엉뚱한 사람이 잡히는 차명 전화, 즉 대포폰이다.

하지만 그는 이 대포폰마저 자신의 행적이 남을까 조심스러웠다.

이번에는 제대로 술잔에 술을 따른 그가 중얼거리듯 읊조렸다.

"…왕좌는 바뀌는 법이다."

약육강식의 세계에서 살아남지 못하고 튕겨져 나간 김충평이다. 하지만 그는 언젠가 자신의 날이 오리라 굳게 믿으며 자신과 아들의 힘을 키워나갔다.

서럽고 각박한 날이 이어졌으나, 그는 끝내 마지막에 웃는 사람이 승자라고 생각하며 버텼다.

'이제는 내가 웃는 날이 올 것이다!'

그의 눈에 차가운 이채가 서렸다.

*   *   *

늦은 밤, 한세라의 전화기가 울린다.

지이이잉!

발신자 : 김태우

그녀는 다소 짜증스럽게 전화를 받았다.

"이 늦은 밤에 무슨 전화야? 네가 이러는 것 태하도 알까?"

─상관없어. 어차피 나는 녀석의 그림자밖에 안 되는 사람이니까. 태하가 그림자를 없애겠다면 어쩔 수 없는 거고.

태우는 무려 20년 전부터 세라에게 호감을 표시해 왔고, 20대를 지나면서부터는 이따금 위험한 접근을 해왔다.

하지만 세라는 자신의 정략결혼 상대이자 그룹의 후계자인 태하 이외엔 관심을 가져선 안 되는 여자였다.

그룹의 후계자이기에 그녀의 사랑을 받을 수 있었고, 그렇기 때문에 결혼도 정해진 것이다.

"그의 그림자인 네가 나에게 이렇게 직접적으로 전화를 하고 호감을 표시한다면 내가 직접 너를 없애줄 수도 있어."

─후후, 그렇게 되면 더없는 영광이지.

그녀는 이내 이 불편한 통화를 끝맺기로 했다.

"매번 같은 말을 반복하는 것도 이젠 지겨워. 김태우, 다시 한 번 말하지만 나에게 이런 식으로 접근하지 마. 그러다 죽을 수도 있어."

─괜찮아. 너의 손에 죽을 수만 있다면.

"닥쳐! 끊어!"

뚜우─

전화를 끊어버린 그녀는 짜증스러운 얼굴로 다시 침대에 누웠다.

"빌어먹을."

그리곤 핸드폰 사진첩 목록에 있는 태하와 태우의 사진을 차례대로 넘겨보았다.

환하게 웃고 있는 태하와 태우. 그녀는 어려서부터 태하와의 결혼만 바라보고 살아왔다.

그런 그녀에게 태우의 접근은 일탈의 출구였고, 그 일탈에 대한 유혹은 끝도 없이 그녀를 잡아 이끌어왔다.

하지만 그녀는 일탈에 대한 유혹을 접고 오로지 대한그룹 총수를 자신의 것으로 만드는 데 집중했다.

그렇지만 인간이란 한번 타락한 마음을 정리하기가 쉽지 않은 생물이다.

그녀는 다시 전화기를 들었다.

"어디야?"

―너희 집 앞.

"기다려. 술이 당겨."

―알겠어.

전화기를 챙겨 든 그녀는 그를 만나려 발걸음을 옮겼다.

2. 추악한 얼굴

　추운 겨울, 한줄기 빛이 어둠을 뚫고 들어온다.

　태하는 그 빛을 따라서 한 발자국 한 발자국 옮기고 있었는데, 그 끝에는 과연 무엇이 있는지 알 도리가 없었다.

　'여긴 과연 어디일까?'

　그의 기억은 잔뜩 꼬여 있어 과연 어디가 앞이고 뒤인지, 심지어 이것이 현실인지 아닌지조차 구분할 수 없었다.

　바로 그때였다.

　화르르륵!

　그의 몸에 새파란 불길이 일었고, 태하는 그 불길을 몸에서

떼어내기 위해 발버둥을 치기 시작했다.

'으악, 으아아아아아악!'

사방으로 몸을 떨며 몸부림을 치던 태하, 그는 파란색 불이 자신의 가슴 속으로 파고들어 가고 있음을 직감했다.

'안 돼!'

하지만 그때, 누군가 그의 어깨를 흔들었다.

"총괄이사님?"

"허, 허억!"

태하의 수행비서이자 그룹 비서실장인 태형이 그를 깨운 것이다.

"꿈이었구나."

"또 가슴 속으로 불이 파고드는 꿈을 꾸셨습니까?"

"…매번 그렇지."

그는 어려서부터 주기적으로 같은 종류의 악몽을 되풀이하여 꾸고 있었다.

정신과의사는 이것이 무의식중 각성이라고 말했는데, 한마디로 어려서 본 무언가가 뇌리에 각인되어 자꾸 꿈에 나타나는 것이었다.

나이가 들면 서서히 없어질 것이라고 했는데 30대에 접어들었음에도 불구하고 없어질 기미가 보이지 않았다.

땀으로 샤워를 한 그에게 김태형이 쪽지를 한 장 건넸다.

"전화가 왔었습니다. 핫산이라는 사람이라고 하더군요."

"아아, 핫산! 그가 전화를 했나?"

"예, 총괄이사님."

핫산은 석유재벌 아르바트 사의 차남으로, 태하와는 콜롬비아대학 동기 동창이다.

쪽지를 받아 든 태하는 그 안에 적혀 있는 글귀를 보며 실소를 흘렸다.

한잔?

"술이라면 아직도 사족을 못 쓰는군."

"어떻게 할까요? 회의까진 약 네 시간가량 남아 있습니다."

그는 고개를 가로저었다.

"어차피 회의에 참석하면 그를 만나게 될 거야."

"예, 알겠습니다."

태하와 태형은 바레인의 수도 마나마로 향했다.

마나마 PK호텔은 아르바트 사에서 경영하는 계열사로 그 매출이 중동 지역 최고라고 할 수 있을 정도다.

온통 호텔이 금으로 도배된 느낌의 PK호텔은 그 경영 이념이 '노블레스'이다. 하여 벽과 천장은 물론이고 엘리베이터 손잡이까지 전부 금으로 되어 있었다.

태하는 PK호텔 라운지로 들어서면서부터 총지배인의 안내를 받았다.

"이사님께서 기다리십니다."

"가시죠."

총지배인을 따라서 들어간 곳은 라운지 구석에 위치한 VIP룸으로, 오늘 회의가 열릴 장소이기도 하다.

VIP룸을 열어보니 태하의 친구 핫산이 기다리고 있다.

"어이, 태하!"

"오랜만이군."

"어서 앉지. 자네를 엄청나게 기다렸어."

"후후, 자네는 여전하군."

그는 태하를 보자마자 술부터 한잔 권했다.

"일단 한잔하자고. 만났으니 재회를 축하해야지."

"그래."

술을 즐기는 편은 아니지만 사람에 맞춰 주량을 조절할 줄 아는 태하이다. 그는 술고래 핫산을 따라서 아라비아산 독주를 단숨에 털어 넣었다.

꿀꺽!

"크헉!"

"후후, 어때? 죽이지?"

"…정신이 번쩍 드는군."

잔을 내려놓은 핫산이 태하에게 물었다.

"그나저나 의외로군. 대한그룹이 이런 영양가 없는 자리에 자네를 보낼 줄이야. 솔직히 난 비서실장 정도가 올 줄 알았거든."

"영양가가 없다?"

"듣기로는 자네의 회사에서 5%의 지분만 남기고 전부 미국 제너럴 사에 팔았다고 하던데?"

태하는 그의 말을 듣고는 고개를 갸웃거렸다.

"그럴 리가 있나? 이 사업이 얼마나 알짜배기인데."

"흐음, 그런가?"

핫산은 술을 좋아하고 방랑벽이 심한 사람이긴 하지만 결코 헛소리를 할 사람은 아니었다.

그는 태하에게 아주 조용한 목소리로 말했다.

"…어쩌면 누군가 비자금을 조성하고 있는 것인지도?"

"비자금이라……. 하지만 그랬다면 나를 대놓고 이곳으로 보냈을까? 머저리가 아닌 이상에야."

"아무튼 내가 아는 한 그렇다는 것을 알려주고 싶었네. 믿고 말고는 자네의 몫이고."

"…그렇군."

태하의 눈이 가늘게 떨리기 시작했다.

              *   *   *

바레인 마나마 공항.

이곳으로 흰색 정장을 입은 젊은이들이 줄줄이 들어서고 있다.

그들의 공식적인 신분은 대한그룹의 안전요원이었다.

마나마 공항의 19번 플랫폼은 개인이나 법인이 사용하는 전용기들이 승객들을 탑승시키는 홈이다.

대한그룹의 안전요원들은 이곳을 통하여 태하의 전용기로 향했다.

철컥!

문을 열고 들어선 그들은 세 명의 승무원에게 신분증을 건넸다.

"그룹에서 나왔습니다."

"네? 그게 무슨……?"

"승무원과 비행기 안전 상태를 점검하라는 지시를 받았습니다. 협조해 주시죠."

"하지만 저희들은 그런 얘기를 전해 들은 적이 없습니다만?"

"아아, 그건……."

승무원들은 지사가 없는 마나마 한복판에서 대한그룹의 보안요원들이 갑자기 뛰어나왔다는 것을 수상히 여겼다.

그래서 일단 그들을 제지했는데 그것은 뜻대로 되지 않았다.

서걱!

"쿨럭!"

"조막만 한 년이 말이 많군."

"다, 당신들!"

"입 닥치는 것이 좋아. 중동에서 객사하기 싫으면 말이야."

"……."

승무원이 모두 포박당하자 기장이 무슨 일인가 싶어 플로어로 나왔다.

"무슨 일이야? 갑자기 웬 소란……."

"당신이 기장이오?"

"그렇소만, 무슨 일이신지?"

"그렇군."

보안요원임을 자처한 사내들은 기장의 가슴에 단도를 꽂아 단숨에 숨통을 끊어버렸다.

퍽!

푸하아아아악!

이제 이 비행기는 의문의 청년들이 점거한 상황이 되어버렸다.

그들의 수장으로 보이는 한 금발의 청년이 무전기를 꺼내어 누군가에게 점거 소식을 전했다.

"상황 종료. 이제 본격적으로 작전을 시작하자고."

─치익, 알겠다.

승무원들은 도대체 이게 무슨 일인가 싶어 어리둥절한 표정이다.

같은 시각, 19번 플랫폼으로 한 대의 소형 여객기가 들어섰다.

해당 비행기는 대한그룹의 마크를 달고 있었는데, 그 안에는 태하가 사용하는 전용기임을 증명하는 서류들이 들어 있다.

기장은 플랫폼에 도착하자마자 누군가에게 전화를 걸었다.

"도착했다. 물건을 받으려면 지금 당장 오는 것이 좋아."

─알겠다.

이윽고 그에게로 한 중동인 남자가 찾아왔는데, 그의 목에는 출입국 관리소의 명찰이 달려 있다.

기장은 그에게 검은색 수트케이스 두 개를 건네주며 물었다.

"뒤처리는?"

"물론 아주 깔끔하게 끝냈다."

"좋아, 나머지는 일이 끝나는 대로 전달해 주도록 하지."

"확인해 볼 필요는 없겠지?"

"대한그룹이 무슨 애들 놀이터인 줄 아나? 돈을 가지고 장난칠 것이었으면 이런 미친 짓거리를 뭐 하러 하겠어?"

"하긴."

"아무튼 믿고 예정대로 움직이겠다."

"알겠다."

기장은 자신의 비행기에서 내려 플랫폼 바로 옆에 있는 또 다른 전용기로 옮겨 탔다.

그러자 겁에 질린 표정으로 앉아 있는 승무원들과 괴한들이 보인다.

"환적하지."

"알겠다."

기장은 자신이 데리고 온 승무원들과 짐을 모두 이곳에 옮겨 실었고, 이곳에 타고 있던 사람들과 짐은 그의 비행기로 옮겼다.

그 이후엔 그가 타고 온 비행기의 마크가 순식간에 '파나마'라는 로고로 바뀌었다.

파나마는 개인 여객 전문 렌탈 업체로, 요즘 개인 여행을 즐기는 사람이 많아지면서 그 수요가 꾸준히 늘어가고 있는 중이다.

이제 죽은 기장을 포함하여 대한그룹에 속해 있던 승무원들은 이 파나마 개인 여객에 탑승하게 된 것이다.

한마디로 이 두 여객기는 서로 기체가 바뀌어 그 정보가 상이하게 변경된 것이다.

만약 이 중 하나가 폭발한다면 그것은 대한그룹이나 파나마 여객 둘 중 한 회사의 사건으로 마무리될 것이다.

대한그룹의 로고를 단 비행기는 이내 이륙을 시작했다.

"자, 우리는 이제 다시 한국으로 돌아가자고."

그는 인도양을 거쳐 다시 남중국해, 그리고 서해를 통해 입국하는 항로를 설정하였다.

아마 별다른 일이 없다면 인천으로 입국하게 될 것이다.

*   *   *

PK호텔을 나와 마나마 공항으로 향하는 길.

태하는 정말로 자신의 그룹이 지분을 제너럴 사에 양도했다는 사실을 알 수 있었다.

제너럴 사는 미군에 무기를 납품하는 군수업체로서 방위산업체 순위 10위 안에 들어가는 대기업이다.

그들은 군수업체 특유의 기술력을 이용하여 굴착산업에도 손을 댔지만 그리 성과가 좋은 편은 아니다.

이번 열 개 업체 굴착사업에도 일정 부분 투자를 감행한 것이 있긴 하지만 주연급 자금줄은 아니었다.

태하는 그런 그들에게 도대체 왜 지분이 갔을까 하는 궁금증이 들었다.

"이상하군. 도대체 왜 제너럴 사로 지분이 간 것일까?"

"총괄이사님께서도 전혀 모르시는 일입니까?"

"물론이지. 만약 알았다면 내가 가만히 있었을까?"

"하긴 그건 그렇지요."

이문이 남는 일에 손을 대어 수익을 창출하는 것이 기업의 일이고 태하는 그것을 아주 철저하게 지켜온 사람이다. 그런 그가 이렇게 좋은 기회를 그냥 놓칠 이유가 없다.

고민에 고민을 거듭하던 그의 차가 이내 공항에 도착했다.

"다 왔습니다. 내리시죠."

"그래, 가자고."

비서실장 김태형과 함께 차에서 내린 그는 전용기를 타고 내릴 수 있는 17번 플랫폼으로 향했다.

뚜벅뚜벅.

그런데 이상하게도 전용기 앞에 노란색 티셔츠를 입은 사내들이 줄을 지어 서 있었다.

"오셨습니까?"

"누구시죠?"

"본사에서 나왔습니다. 총괄이사님을 모시고 오라는 명을 받았습니다."

"누구의 명령으로 말입니까?"

"김태우 이사님의 명령입니다."

"흐음, 그래요?"

연신 고개를 갸웃거리는 태하에게 태형이 재촉하듯 말했다.

"어서 타시죠. 시간이 별로 없습니다. 다음 일정이 기다리고 있을 겁니다."

"그래? 그럼 어쩔 수 없고."

순순히 그를 따라 비행기에 오른 태하는 어쩐지 기분이 썩 좋지 않았다.

*   *   *

강원도 평창의 한 작은 별장.

부아아아앙!

이곳으로 승합차 한 대가 달려와 멈추었다.

승합차는 별장 앞에 멈추어 서자마자 마치 밀물을 쏟아내듯 사내들을 내뱉기 시작했다.

"신속하게 움직여라. 시간이 별로 없다."

"예, 보스!"

승합차에서 내린 사내들은 서울 강동구 일대에서 활동하는 넙치파 조직원이었다.

그들을 지휘하고 있는 사람은 다름 아닌 넙치파의 보스, 넙치 박창명이었다.

박창명은 주머니에서 복면을 꺼내어 얼굴이 보이지 않게 귀와 턱에 잘 걸었다.

"얼굴은 잘 가렸겠지?"

"예, 보스. 그런데 말입니다. 어차피 죽으면 우리의 얼굴을 기억하지도 못할 텐데 복면은 뭣 하러 씁니까?"

"멍청한 놈, 목격자들이 꼭 저놈들 뿐일까?"

"아아!"

"헛소리 그만하고 어서 작업이나 시작하자."

"예, 알겠습니다."

넙치파 일당은 총 열 명, 그들은 두 명씩 짝을 지어 총 세 팀이 별장 주변을 에워쌌다.

그리고 넙치를 비롯한 행동대장과 중간보스 두 명이 회칼과 밧줄을 손에 쥔 채 별장 앞에 섰다.

그는 자신의 뒤편에 있는 부하들에게 말했다.

"전화선과 통신 회선은?"

"끊었습니다. 아마 경비업체에서 눈치를 챘다고 해도 우린

이미 이곳에 없겠지요."

"그래, 잘했다."

이윽고 그는 직접 철사로 창문틀을 공략하여 잠금 장치를 풀었다.

따악!

"됐다. 안으로 들어가자."

"예, 형님."

어려서부터 각종 범죄에 가담하면서 살아온 넙치에게 이런 목조건물 침입 정도는 일도 아니었다.

그는 손쉽게 문을 따고 들어가 별장 중앙에 있는 생명 유지 장치로 다가섰다.

삐빅, 삐빅!

"TV에서 본 그 얼굴이군요."

"그래, 우리의 밥줄이기도 하지."

넙치는 즉각 생명 유지 장치의 전원을 끈 후 베개로 그의 얼굴을 가렸다.

"우웁, 우우우웁!"

거칠게 반항하는 그의 손, 하지만 이내 경련을 일으키더니 힘이 쭉 빠져 내려온다.

가까스로 버텨가던 생명은 베개에 기도가 막히는 바람에 그 자리에서 숨을 거두었다.

삐이—

"숨졌습니다. 아무런 반응이 없어요."

"좋아, 그럼 이놈은 된 것 같고, 나머지 두 년을 찾아야 한다."

"예, 알겠습니다."

네 사람은 사방으로 흩어져 다섯 개의 방을 샅샅이 뒤지기 시작했는데, 2층에서 소리가 들려왔다.

"으음, 무슨 일이야?"

눈을 비비며 내려오는 그녀. 아무래도 그녀가 이 집안의 둘째 딸인 모양이다.

"오호라, 저년이 바로 오늘의 먹잇감이군."

"다, 당신들, 누구야?!"

"흐흐, 누구긴, 네년을 아주 맛있게 요리해 줄 사람들이지."

그녀가 화들짝 놀라 소리치는 바람에 2층에 함께 있던 그녀의 모친이 모습을 드러냈다.

"태린아, 누가 왔니?"

"어, 엄마……!"

이윽고 그녀는 남편이 죽어 있는 풍경과 그를 살해한 것으로 보이는 사내들과 마주했다.

"여, 여보? 여보!"

"어, 엄마! 안 돼! 어서 2층으로……!"

동공이 반쯤 풀려 버린 그녀가 계단을 타고 내려오려 하자, 태린은 재빨리 그녀를 만류했다.

하나 그녀의 행동은 생각보다 빨랐기에 태린은 눈앞에서 어머니를 놓치고 말았다.

그러자 넙치와 그의 부하들이 그녀를 발로 걷어찼다.

퍼억!

"으윽!"

"어, 엄마!"

"늙은 년이 호들갑 떨긴, 어차피 죽을 목숨인데 너무 재촉하지 마."

"흑흑, 여보!"

넙치는 남편의 사망으로 인해 패닉에 빠져버린 그녀에게로 서서히 다가서더니 이내 시퍼렇게 날이 선 회칼을 꺼내 들었다.

스릉!

"내가 살던 고향 인근에는 남편과 함께 순장된 첩이 꽤 많다고 들었어. 네년은 정실이라고 들었지만, 남편을 따라 순장을 당하는 것도 그리 나쁘지는 않을 거야. 이제 와서 그 나이에 재가를 하겠어, 어쩌겠어?"

"하지 말아요! 우리 엄마 아빠한테 왜 이래요?!"

태린은 온몸으로 어머니의 앞을 막아섰지만, 넙치는 아랑곳

하지 않고 칼을 들이밀었다.

"아주 두 년이 쌍으로 지랄이군. 좋아, 그럼 네년 먼저 죽여주지."

그가 태린에게 칼을 겨누는 바로 그때, 행동대장 정성식이 웃는 낯으로 말했다.

"에이, 잊으셨습니까? 그년은 저에게 주기로 하신 것 말입니다."

"아아, 그랬나?"

"그런 중요한 것을 잊으시면 안 되지요."

"큭큭, 알았다."

이윽고 그는 중년여성의 복부에 칼을 찔러 넣었고, 그로 인하여 사방으로 선혈이 튀어 올랐다.

푸하아아악!

"어, 엄마! 흑흑, 엄마!"

"가만히 있어, 이년아! 사람 죽이는 짓이 그리 쉬운 일인 줄 알아? 이것도 꽤나 힘이 들어가는 일이라고."

"흑흑!"

그는 자신을 뜯어말리는 태린을 뿌리치곤 아주 정확하게 자신이 원하는 곳에 칼침을 놓았다.

푹푹푹푹!

복부에 두 방, 그리고 목덜미와 가슴에 한 방씩 칼이 꽂힌 그녀는 이내 축 늘어져 경련을 일으키기 시작했다.

"어어어억……!"

"흑흑, 엄마! 엄마!"

"어휴, 힘들어. 살결이 생각보다 질겨. 좋은 것을 많이 처먹어서 그런가?"

마치 도축 작업을 끝낸 백정처럼 이마에 맺힌 땀을 닦아내는 그에게 태린이 주먹을 꽉 쥔 채 달려들었다.

"죽어라! 이 개새끼들아!"

"큭큭, 이거 참, 앙칼진 년인데?"

"원래 여자는 정복하는 게 맛있는 법이지요. 그럼 제가 먼저……"

청년들은 사람을 죽여 놓고도 아무렇지 않은 모양이다.

심지어 넙치는 주머니에서 사진기를 꺼내 들었다.

"잠깐, 사진 좀 먼저 찍고."

"사진이요?"

사람을 죽인 손을 씻기는커녕 그 피를 카메라에 고스란히 묻히며 넙치가 셔터를 눌러 현장을 담았다.

찰칵, 찰칵!

그는 사진을 찍는 내내 한 사람을 늘어지게 욕했다.

"미친놈도 이런 미친놈이 없어. 도대체 왜 죽인 사람을 찍어서 보내라는 걸까?"

"우리의 약점을 잡기 위해서 아닙니까?"

"어차피 사진이야 인화해서 보내주면 그만 아니냐?"

"뭐, 그건 그렇지요."

행동대장 정성식은 그런 모든 것은 아무래도 좋다는 듯 몸을 떨어댔다.

"그, 그건 그렇고, 일은 다 끝난 것 아닙니까?"

"…미친놈, 너는 이 상황에서도 여자가 고프냐?"

"그건 그거고 이건 이거고, 원래 따로따로 생각해야 하는 법이지요."

"어휴, 마음대로 해라. 그럼 우리는 불을 지를 준비를 할 테니 할 만큼 하고 나와."

"예, 예!"

광기로 가득 찬 정성식의 눈동자, 태린은 그런 그를 바라보며 비명을 입에 물었다.

"꺄아아아악!"

바로 그때, 그녀는 가까스로 잠옷 주머니에 들어 있는 핸드폰을 만지작거렸다.

하지만 이미 회선이 다 죽어버려 손을 쓸 수가 없었다.

장성식은 그녀를 바라보며 비릿하게 웃었다.

"안 될걸? 내 동생들이 회선을 다 차단시켜 버렸거든."

"사, 살려주세요."

"흐흐흐!"

그녀의 얼굴이 절망감으로 물들기 시작했다.

*   *   *

인천 연안부두의 한 창고.

김태평 회장의 사촌형이자 김충평의 이복동생인 김화평이 피투성이가 된 채로 묶여 있다.

"쿨럭쿨럭! 도대체 나에게 왜 이러는 건가?!"

"왜 이러긴, 네 팔자가 사나워서 그렇지, 뭘."

김화평을 가둔 사내들은 기업형 조직인 블루문의 조직원이었다.

넙치가 이끄는 넙치파 역시 이 블루문에 속해 있으며, 그들이 거느린 전국구 조직이 무려 다섯 개나 되었다.

지금 조직 사회에선 블루문보다 더 큰 세력은 존재하지 않았고, 그들은 서서히 계열사까지 거느리며 중견기업으로 성장했다.

아마 블루문에서 사람을 한 명 죽이고자 마음먹는다면 그가 사라졌다는 것조차 인지되지 않을 정도로 순식간에 일이 처리될 것이다.

블루문 회장 연제국의 오른팔이자 블루문 전무이사인 양

재기는 휘하의 조직원들을 동원해 김화평을 납치했다.

김화평은 일찌감치 김충평과 함께 대한그룹 후계 구도에서 밀려나게 되었는데, 지금은 라스베이거스나 마카오 등지를 돌며 도박에 빠져 살고 있었다.

지금 그의 회사 지분은 총 0.1%에도 미치지 않으며, 이미 김화평은 경영에 욕심을 버린 지 오래였다.

한마디로 그는 평생 유유자적하게 도박과 술에 빠져 사는 것을 지향하는 한량 중의 한량이었다.

하지만 썩어도 준치라고 했던가? 김화평은 굴지의 대기업 대한그룹의 셋째 아들이다.

그는 양재기의 부하 임성춘에게 있는 힘을 전부 쥐어짜내 외쳤다.

"나, 나에게 이러고도 무사할 것 같은가?! 지금 경찰이 나를 찾으려고 혈안이 되어 있을 텐데?!"

"아이고, 그렇소? 그런데 이걸 어쩌나? 이제 아재는 바닷물에 푹 담가져 고기 밥이 되어버릴 텐데."

철컥!

잭나이프의 머리 부분을 들어 올리는 임성춘. 김화평은 으름장을 놓던 기백을 다시 갈무리했다.

"자, 잠깐! 내가 죽으면 너희들이 얻을 수 있는 것은 아무것도 없어! 무엇이 필요한지 모르겠지만, 이렇게 내가 사라지면

돈 한 푼 받을 수 없을걸."

"괜찮소. 돈이 필요한 것이 아니니까."

임성춘은 자신의 주머니에서 김화평의 인감도장을 꺼내 들었다.

"이, 인감? 그것으로 뭘 어쩌려고?"

"바로 어제 아재 집을 털어서 발견한 물건이오. 아따, 때깔이 아주 죽이네."

순간, 김화평이 떨리는 목소리로 말했다.

"자, 잠깐! 우리 집을 털었다는 것은……."

"큭큭, 딸들이 아주 예쁘데요? 아직 시집을 못 가서 그런가, 살결도 야들야들하고."

"크아아악! 이런 개새끼들! 내 딸들을 도대체 어떻게 했어?!"

"걱정하지 마시오. 아마 지금쯤이면 동남아에서 뜨신 밥 먹으면서 몸 잘 팔고 있을 테니."

"개새끼들! 이런 개새끼들! 으아아아악!"

임성춘이 고갯짓을 하며 부하들에게 명령했다.

"얘들아, 시간 다 됐다. 저 아재 손가락 뜯어내서 지장 찍고 그만 보내드리자. 우리도 슬슬 가봐야지?"

"예, 형님!"

"개새끼들! 이런 개새끼들!"

임성춘의 부하들은 그의 양쪽 엄지손가락을 자른 후 그의 입에 콘크리트를 들이붓기 시작했다.

"커, 커거거걱!"

"잘 가쇼. 저세상에서 김태평에게 안부 전해주시고. 아참, 난 댁 딸년들 안 건드렸소. 괜히 꿈에 나타나 난리 블루스 출 생각 집어치우쇼. 하하하하!"

그는 이제 위장에 콘크리트가 다 차서 더 이상 살아 움직일 수 없게 되었다. 하지만 그 눈동자만큼은 원망으로 가득 차 여전히 움직이고 있었다.

하지만 그러거나 말거나 블루문 조직원들은 그를 데리고 먼 바다로 나아가 시신을 찾을 수 없도록 조치할 것이다.

"다 되었으면 이만 가자."

"예, 형님!"

임성춘은 부하들에게 뒷정리를 맡긴 후 홀연히 자취를 감추어 버렸다.

*   *   *

서유럽으로 향하는 중동아시아 북쪽 항로.

휘이이이잉!

황량한 바람이 불어 닥치고 있는 중동 땅을 바라보며 태하는 고개를 갸웃거렸다.

"이상하네. 이쪽은 유럽으로 가는 길 아닌가? 어째서 비행기가……."

"기분 탓이겠지요."

"기분 탓이라……."

태하는 전 세계를 마치 자신의 집 앞마당처럼 누비던 사람이다. 그런 그가 이런 기본적인 방위 감각조차 없을 리가 없다.

그럼에도 불구하고 그와 함께 무려 10년 동안이나 실무를 같이 한 김태욱은 별 감흥이 없는 것 같다.

그는 직접 자신의 핸드폰을 꺼내어 지도 어플리케이션을 작동시켰다. 그리곤 그곳에서 유라시아 지도를 펼쳐 보여주었다.

"자, 봐. 지금쯤이면 원래 사막지대를 벗어나 인도양으로 향해야 정상이야. 하지만 지금 우리가 있는 곳은 어때? 주변이 다 사막이잖아."

"흠, 그렇군요."

"어때? 뭔가 좀 이상하지 않아?"

바로 그때였다.

태하의 손에 쥐어져 있던 핸드폰에 뉴스 속보 한 줄이 스쳐 지나갔다.

대한그룹 김태평 회장 부부 사망. 딸은 행방불명.

순간, 그는 자신의 눈을 의심하며 다시 한 번 뉴스 속보를 보았다.

"어, 어……?"

"왜 그러십니까?"

"이, 이것 좀 봐. 내가 뭔가 잘못 본 것이지? 그렇지?"

"…아닌 것 같습니다만?"

태하는 그제야 뭔가 일이 잔뜩 꼬였다는 것을 알아차렸다.

하지만 그가 무언가를 하기엔 이미 늦어버렸다.

비행기를 조종해야 할 기장이 기장실에서 한 사내가 걸어 나오더니 태하에게 비디오카메라를 들이밀었다.

"이봐, 웃어."

"…이게 지금 뭐 하는 짓입니까? 왜 항로를 마음대로 바꿔요? 그리고……."

"웃으라고!"

퍼억!

그는 태하의 턱을 발로 걸어차 버렸고, 이내 그의 입에선 이빨 부스러기가 우수수 떨어져 내렸다.

"쿨럭쿨럭!"

"웃어. 좋은 말로 할 때 웃는 게 신상에 이로울 거다."

"도, 도대체 나에게 왜 이러는 거요?"

"왜 이러냐고? 뉴스를 보면 알 텐데? 거기에 네 소식은 나와 있지 않았나?"

태하는 떨리는 손으로 다시 한 번 스마트폰을 들여다보았는데 그 화면에는 태하가 탄 비행기의 납치 소식이 들어 있었다.

대한그룹 삼남 김화평 이사 실종. ─특1보─
대한그룹 일가 실종사건 이후 김태하 총괄이사 행적 묘연해.

순간, 그는 고개를 갸웃거렸다.

'이상하다. 도대체 무슨 연유로 우리 가족과 나, 그리고 숙부님까지……'

만약 대한그룹을 좌지우지할 것이었다면 김태평 회장은 살아 있어야 할 것이다. 그래야 돈을 뜯어내기 좋을 것이기 때문이다.

하지만 엉뚱하게도 지금 실종된 사람은 김화평, 태하의 숙부였다.

'도대체 왜……'

그는 이것이 사실이 아닐 것이라고 굳게 믿으며 물었다.

"자, 잠깐. 그렇다면 어째서 내 숙부께서 행방불명된 것이오? 돈이 필요했다면 차라리 아버지를 살리고 나를 인질로 잡앉으면 좋았을 것을."

"후후, 그게 그렇게 궁금한가?"

"…그렇소."

"나는 네 사촌에게 보수로 3천억을 받기로 했다. 그 나머지 사실은 나도 잘 몰라. 만약 그게 정말 궁금하다면 네 옆에 있는 사촌에게 물어보던지."

"…거짓말."

"아닐걸? 네 옆에 있는 놈에게 물어봐. 진짜인지 아닌지."

"뭐, 뭐요?"

그때 김태형이 자리에서 일어서더니 옷매무새를 가다듬는다.

"받을 것 받았으니 줄 것 줘야지?"

"후후, 그래. 그것이 우리끼리의 예의 아니겠나?"

"기, 김 실장?"

김태형은 자신의 속주머니에서 USB를 꺼내더니 그것을 괴한들에게 넘겼다.

"스위스은행 계좌입니다. 확인해 보면 알겠지만 미국계 무기명채권 3천억이 들어 있습니다. 마음껏 쓰세요."

"그래, 고맙군."

태하는 그런 그를 바라보며 눈물을 글썽이며 물었다.

"…태형아, 도대체 나에게 왜 이러는 거야? 도대체 왜……."

"그걸 몰라서 묻습니까? 당신은 가진 것이 너무 많아요. 그것을 날로 먹으려들다니, 당연히 처벌을 받아야지요. 헌데 법은 너무 뜨뜻미지근하고, 별수 있습니까? 이렇게 땅과 하늘에 묻어버리는 수밖에."

"태, 태형아!"

"사람이 너무 많은 것을 가지려고 들면 화를 당하는 법입니다."

이윽고 김태형은 낙하산을 몸에 매달더니 비행기 문을 열었다.

쐐에에에에엥!

"크윽!"

"잘 가십시오. 그럼 저는 이만……."

그는 낙하산과 함께 떨어져 내렸고, 태하는 망연자실한 표정을 지을 뿐이었다.

*   *   *

대한그룹 일가가 발칵 뒤집힌 지 며칠이 지났지만, 아직도 태하의 행적은 묘연했다.

다만 경찰은 그가 누군가와 끊임없이 통화를 시도했다는 점과 통장 내역을 주기적으로 건드렸다는 것을 토대로 그가 단순히 잠적했다고 결론지었다.

그러던 도중 평택 연안에서 조업 중이던 한 어선의 그물에서 김화평의 시신이 발견되었다.

김화평의 정식 직함은 이사, 회사는 그의 죽음을 확인하기 위하여 가족들에게 연락을 취했다. 하지만 경찰 조사가 시작되는 때부터 행적이 묘연하던 그들 역시 연락이 닿지 않는 상황이었다.

사건을 담당하게 된 검찰과 경찰은 답답한 심경을 감출 길이 없었다.

서울지방경찰청 소속 추나희 경감은 김화평이 콘크리트에 파묻혀 죽어 있던 것을 바라보며 고개를 가로저었다.

"잔인한 놈들이군. 어떻게 사람을 시멘트에 담가서 버릴 생각을 다 했지?"

그물에 걸린 사람이 김화평이라는 사실은 콘크리트 앞면에 남아 있는 신분증과 살짝 밖으로 나와 있는 손의 지문이 일치하여 알아낼 수 있었다.

경찰은 이것이 전문가의 손길이 아닌 아마추어에 의한 것이라는 전제조건 하에 조사를 벌이고 있었다.

하지만 추나희는 이 시신에 보고 뭔가 이상한 점을 발견해 냈다.

제아무리 경황이 없다곤 해도 신분증을 콘크리트에 앞에

올려놓을 확률은 그리 많지 않았다.

또한 사람을 묻는데 굳이 손바닥을 하늘로 향하게끔 만들어 굳혀 버리다니 뭔가 앞뒤가 맞지 않았다.

'아무리 생각해도 이상하단 말이지.'

그녀가 상념에 빠져 있는 바로 그때였다.

"반장님, 용의자가 나타났답니다!"

"용의자?"

"아니, 용의자가 아니라 피의자지요. 지금 서에 한 남자가 자신이 김화평 이사를 죽였다면서 찾아왔답니다."

"자수? 이 사람을 죽이고 갑자기 자수를 했다고?"

"예, 그렇습니다. 일단 서로 가보셔야 할 것 같은데요?"

사건이 또 다른 국면으로 접어드는 모양이다. 하지만 추나희는 여전히 고개를 갸웃거렸다.

그녀는 경찰서로 피의자라고 주장하는 사람을 만나기 위해 차에 올랐다.

김화평 이사를 죽인 자는 정성식이라는 조직폭력배로 인천 넙치파의 행동대장이었다.

그는 누군가의 지시로 그를 죽이고 나머지 가족도 전부 바다에 빠뜨려 죽였다고 진술했다.

진술을 하는 내내 그는 진지한 어투로 조사에 응하였으며,

죄책감에 빠져 있는 듯한 얼굴로 일관했다.

추나희는 취조실 밖 있는 유리창 너머로 정성식의 진술 내용을 듣고 있었다.

―당신이 김화평 씨를 살해했다고요?

―네, 그렇습니다.

―어떻게 살해했죠?

―둔기로 머리와 몸통 이곳저곳을 내려친 후 의자에 묶어 콘크리트를 먹였습니다. 그리곤 드럼통에 넣어 버렸습니다.

―살해의 동기는요?

―…돈을 받았습니다.

―돈이요? 누구에게 얼마를 받았습니까?

―대한그룹 김태하 총괄이사에게 15억을 받았습니다. 그리고 나중에 일이 잘 되면 돈을 더 준다고 했습니다.

―그에 대한 증거는 있어요?

―제 통장에 그가 직접 입금한 내역이 있습니다. 통화 내역도 있고요.

―김태하 씨가 시켜서 했다?

―네, 그렇습니다.

―헌데 갑자기 왜 자수를 선택하게 되었죠?

―밤마다 그 사람이 나타납니다. 김화평 씨요. 그의 딸들도 생각이 나고요.

―죄책감에 시달리다 자수한 것이다?

―TV를 보니 그의 시신이 발견되었더군요. 그때 저는 느꼈습니다. 사람이 죄를 짓고는 못 사는구나. 아무리 깡패라고 해도 사람을 죽였다는 것은…….

―흐음, 그렇군요.

―죄송합니다. 가슴 깊숙이 반성하고 있습니다. 다시는 그러지 않겠습니다. 법적 처벌을 받아야 한다면 그에 무조건 순응하겠습니다.

지금 정성식이 보이는 패턴은 전형적인 죄책감에 의한 자수로 보였다. 하지만 추나희는 그의 진술에서 이상한 점을 몇 가지 느낄 수 있었다.

지금까지의 진술이 계속해서 너무나 일관적이라는 것, 그리고 돈을 받고 사람을 죽인 것치고는 뭔가 그 자수 동기가 석연치 않다는 것이다.

'저 새끼, 저거…….'

그녀가 연신 고개를 갸웃거리고 있을 때였다.

추나희의 부하들이 취조실로 들어서더니 그녀에게 뉴스 소식을 하나 전했다.

"팀장님, 소식 들으셨어요?"

"무슨 소식?"

"지금 김태평 회장의 유언장이 공개되었답니다. 김화평 이사와 김태린 씨에게 지분이 각각 30%씩 돌아갔다고 하는데요?"

"뭐? 그게 무슨 소리야? 김태평 회장은 김태하 총괄이사에게 기업을 물려주겠다고 선언한 것 아니었어?"

"그게 아닌 모양이죠. 아무튼 이로써 범행 동기는 확실해졌네요. 원한 관계에 의한 살인교사. 맞죠?"

들으면 들을수록 뭔가 더 석연치 않게 느껴지는 추나희다.

만약 지금 유언장의 내용이 사실이라면 주식은 모두 공중에 붕 뜬 상태가 된다.

이미 김태린은 행방불명이 되었고 김화평은 싸늘한 주검이 되어 발견되었다.

그렇게 되면 지분의 승계는 또다시 태하에게 돌아가게 되겠지만, 만약 살인교사가 인정되면 그는 지분을 받지 못하게 된다.

또한 이대로 김태하가 계속해서 잠적하게 된다면 경찰은 그를 공개수배하고 출입국 금지를 시키는 수밖에 없다.

한마디로 김태하는 이제 회사에서 밀려나는 일만 남았고, 그 모든 수혜는 남은 종친들에게 돌아가게 되는 셈이다.

'김충평?'

그녀는 김태하라는 청년이 천재사업가로 얼마나 높은 인기를 구가하였는지 너무나도 잘 알고 있다.

김태하라는 이름 석 자를 모르는 국민이 없는데, 그런 그가 이런 멍청한 짓을 저질렀을 리 만무했다.

더군다나 이대로 시간이 흐르면 당연히 후계 구도는 바뀔 것이고, 사건은 고착상태가 되고 만다.

'뭔가 냄새가 난다.'

그녀의 형사적 DNA가 꿈틀거리고 있었다.

*　　　　*　　　　*

비행 이틀째, 태하는 뉴스 속보로 가족들에 대한 소식을 전해 들었다.

지금 한국에선 김태평의 고문변호사가 유언장 공개를 준비 중이며, 여동생 태린은 잠정적으로 사망했다고 결론이 났다고 전해 들었다.

또한 그는 도무지 믿을 수 없는 소식과 마주하게 되었다.

특보 1면—김화평 이사 살인사건 용의자 자수!

김화평 이사 살인사건의 용의자는 정 모 씨, 범행 동기는 살인 교사?

특보—김태하 총괄이사, 숙부를 살해한 패륜아!

신문사들은 지금 태하를 살인교사 용의자로 지목하고 있었는데, 경찰은 그가 도주하는 경로를 따라 인터폴과의 공조를 요청하고 있는 실정이었다.

현재 경찰은 살인용의자의 교사 고백과 동시에 그가 제시한 증거들을 바탕으로 사건을 재구성하고 있었다.

아마 수일 내로 태하가 모습을 드러내지 않는다면 사건은 그를 배후로 지목할 수밖에 없을 것이다.

그렇게 되면 태하는 숙부 일가를 모조리 도륙 내도록 지시한 파렴치한으로 남게 될 것이다.

한데 만약 이 상황에서 태하가 영영 나타나지 않게 된다면……

'처음부터 회장 자리를 노리고 있었구나!'

그는 망연자실한 표정으로 비행기 천장을 바라보았다.

'도대체 왜……'

태하는 믿고 있는 종친들과 함께 새로운 세상을 열어가기로 약속했고, 그것은 틀림없이 지켜질 줄 알았다.

하나 그의 믿음은 너무나 허무하게 깨져 버렸다.

"말도 안 돼."

도무지 믿을 수 없는 상황. 그는 애써 현실을 부정하고 또 부정하며 스스로를 위로했다.

바로 그때였다.

"대, 대장, 뭔가 좀 이상합니다!"

"이상하다니?"

"이 방송을 좀 보십시오."

TV 화면에 검은색 천으로 얼굴을 가리고 정좌하고 있는 사내들이 떠 있다.

—우리는 혁명 전사들이다. 알라를 모시는 사람으로서 도리를 다하는 것이 옳다. 지금 우리는 또 한 명의 쓰레기를 처분할 것이다. 그들은 현재 북극해를 향해 이동 중인 파나마 개인기 367기에 탑승한 사람들이다. 이들을 죽임으로써 세상이 알라의 뜻을 제대로…….

순간 괴한들은 고개를 갸웃거렸다.

지금 알카에다는 이들이 탄 비행기를 폭파시키겠다고 선언했다.

그것도 공중을 날아가고 있는 지금 이 순간에 폭격을 감행하겠다니 황당하기 이를 데 없는 일이다.

"이게 뭐야? 갑자기 왜 알카에다에서……."

"도대체 무슨 의도일까요?"

"…젠장! 뭐가 어떻게 돌아가는 거지?!"

괴한들이 설치거나 말거나 망연자실한 표정으로 비행기 밖을 바라보던 태하, 그는 순간 자신의 눈을 의심했다.

쐐에에에에엥!

"어, 어어어?! 거, 검은색 물체가……?!"

"뭐라고?"

"엎드려!"

직경 8cm가량의 활강형 탄두 서너 발이 날아와 태하가 탄 비행기를 그대로 들이받았고, 비행기는 산산조각이 나 흩어지기 시작했다.

콰아아아앙!

"커흑!"

그로 인하여 태하는 전신에 3도 화상을 입고 뼈마디가 모두 골절되었다.

휘이이이잉!

불에 그슬린 바람에 와이셔츠 한 장 덜렁 입은 채로 공중을 부유하게 된 태하는 질끈 눈을 감았다.

"젠장, 젠장!"

매서운 바람이 불어 닥치고 있는 이곳, 아무래도 위도 상으로 보았을 때 북극에 가까운 곳 같았다.

지금 그가 폭발에서 살아남은 것은 천운이었지만 이제 곧 목숨을 잃게 될 것이다.

하늘이 보우하여 땅에 떨어져 죽지 않는다고 해도 혹한이 그를 괴롭힐 것이기 때문에 이미 그는 죽은 목숨이나 다름없었다.

아니, 땅에 떨어지는 순간 그는 죽음을 맞이하고 말 것이다.

'아버지, 어머니, 태린아!'

＊　　　＊　　　＊

이른 가을, 대한민국은 최고의 재벌가 대한그룹 사태와 그 회장 일가의 실종 및 사망사건으로 인해 한 차례 홍역을 앓고 있었다.

대한그룹 사태는 총수 일가의 출자 방식에 대한 문제가 제기될 정도로 큰 파장을 일으켰고, 결국 재계의 판도를 바꿔야 하는 것이 아닌가 하는 의견까지 나왔다.

하지만 이 모든 사건은 회장 일가가 공중으로 붕 떠버리는 바람에 일순간에 수면 아래로 가라앉고 말았다.

대한민국 검찰청 서울지검.

이곳에서는 김태평과 김충평의 주변 인물들이 소환 조사를 받고 있었다.

그중에서도 가장 먼저 소환된 것은 바로 그룹의 승계 순위 2위이던 김충평 회장과 그 아들 태우였다.

김충평은 승계 순위 2위라는 이유로 검찰의 강도 높은 수사를 받고 있었는데, 벌써 나흘째 수사의 강행군이 이어지고 있었다.

그와 함께 김충평 회장의 아들 김태우와 사촌 김태형 역시 바로 옆 건물에서 진술서를 작성하고 있었다.

타다다다닥.

김충평 회장을 담당하게 된 정경호 검사는 나흘째 같은 소리만 반복하고 있었다.

"이번 임시주총을 주도한 것도 당신, 김화평 이사를 살해하도록 지시한 것도 당신이죠?"

"…도대체 몇 번을 얘기합니까? 이 세상에 어떤 미친놈이 자신의 집안을 풍비박살 낸단 말입니까?"

"자꾸 이런 식으로 책임 회피만 할 겁니까?!"

정경호 검사는 나흘째 그와 그 일가를 잡아둔 채 한사코 고개를 가로젓는 그들에게 혐의를 대입하려 했다.

하지만 증거는커녕 정황상 혐의점도 없는 그들에게 용의선상 적용은 어불성설이었다.

다만, 정경호 검사는 정황상 가장 이익을 많이 보는 김화평이 배후에 있을 것이라 추측했고, 목숨을 걸고 조사를 벌이고 있었던 것이다.

만약 그렇지 않았다면 벌써 수사가 종결되고도 남았어야 정상이다. 하지만 그는 끝까지 자신의 의지를 관철시키려 했다.

그러나 김충평은 여전히 평온한 표정으로 정경호를 바라보고 있었다.

"증거 있어요?"

"…뭐요?"

"증거 있느냐고 물었습니다. 내가 내 동생과 그 일가를 죽였다는 증거가 있습니까?"

"증거? 있지."

정경호는 서랍에서 에이마르 홀딩스와 아파린 투자신탁에 대한 정보가 담긴 파일을 꺼내 들었다.

이 파일에는 김충평이 자신의 지분 2%를 매각하여 현금을 동원했고, 그 현금이 두 회사로 들어갔음이 나타나 있었다.

또한 중동 열 개 사 공동개발의 지분을 에이마르 홀딩스에게 넘긴 후 곧장 미국 제너럴 사로 명의 이전한 정황 또한 나타나 있었다.

"미국 제너럴 사를 이용하여 두 회사를 움직이게 만든 것은 아주 좋았어요. 또한 자신의 지분을 매매하여 만든 현금으로 김태평 회장의 사모펀드를 가로채 모회사를 공격하다니 저는 설마설마했습니다."

"후후, 도무지 무슨 소리를 하는 것인지 모르겠습니다. 더군다나 검사님은 아까부터 계속 논점에서 벗어난 소리만 하고 계시군요. 그건 알고 계십니까?"

순간, 정경호가 몸을 바짝 일으켜 그의 앞으로 얼굴을 들이

밀었다.

"…이봐요, 자꾸 이런 식으로 나올 겁니까? 한번 판을 뒤집어 엎어줘야 정신을 차리죠? 주주총회가 흐지부지되어 버리니까 이들을 모두 죽여 승계 순위를 자신에게로 돌린 것 아닙니까?!"

"판을 엎는다. 어떻게 말입니까?"

"나는 당신이 현금을 동원해 사모펀드의 조직들에게 돈을 뿌린 것을 알고 있어요! 그 정황을 포착하여 법원에 공식적으로 영장을 발부시킬 수도 있습니다!"

김충평은 그를 바라보며 특유의 사람 좋은 웃음을 지었다.

"하하, 좋습니다. 하고 싶으면 하세요."

"…뭐요?"

"자신 있으면 하란 말입니다. 당신, 지금 스스로가 벌이고 있는 이 짓거리에 대한 책임을 다 질 수 있겠어요? 감당할 수 있겠느냐고요?"

"지금 나를 협박하는 겁니까?"

"경고입니다. 자꾸 나를 죄인으로 몰아가는데, 그러다가 검사 생활 종치는 수가 있어요."

그때 정경호의 핸드폰이 울렸다.

[박형출 부장검사]

그는 마치 석회처럼 딱딱하게 굳은 얼굴로 전화를 받았다.

"네, 부장님."

—자네 미쳤나? 생사람을 잡고 무려 나흘이나 버텼어. 이 정도면 불구속으로 사건을 돌려 수사하는 것이 옳지 않나?

　"예? 그게 무슨 말씀이신지……."

　—지금 당장 조사실 빼라고! 사람 말이 말 같지 않아?!

　"하지만……."

　—이봐, 정 검사. 자네 지금 무슨 짓거리를 하고 있는지 알아? 참고인 조사를 나흘 동안이나 하는 미친놈이 어디 있냐고 밖에서 아주 난리야. 자네 혹시 검찰 때려치우고 싶어서 일부러 시위하고 있는 건가? 그런 거야?

　"아, 아니요."

　—그럼 어서 방 빼! 미친 짓 그만하고!

　이윽고 전화를 끊어버리는 박형출 부장검사. 정경호는 분노에 가득 찬 눈빛으로 김충평을 바라보았다.

　그러자 그는 앞으로 수갑 찬 손을 내밀며 웃었다.

　"뭐 하십니까, 어서 풀지 않고?"

　"…반드시 후회하는 날이 올 거요. 내 장담하지."

　"후후, 기대하고 있겠습니다."

　이내 정경호는 김충평의 수갑을 풀어주었고, 그는 다시 자유의 몸이 되어 조사실을 나섰다.

3. 혹한

바이칼 호 서안에서 발원하여 야쿠츠크 부근까지 북동 방향으로 흐르다가 굽어져 방향을 바꾸어 다시 북으로 거슬러 올라가는 레나강은 길이 4,000km가 넘는 대장정을 거친다.

그 이후엔 러시아 동시베리아 최북단에 위치한 랍테프 해로 흘러드는데, 중부는 10월만 되어도 배가 다닐 수 없을 정도로 혹한의 땅이 된다.

쐐에에에에엥!

태하가 탄 비행기는 이곳 레나강의 중부 야쿠츠크를 조금 지나 북으로 흘러가는 길목에 조각으로 떨어져 내리고 있었다.

퍽퍽퍽퍽!

미사일에 맞아 산산조각이 난 비행기 파편은 안전벨트에 묶인 채 떨어져 내리는 태하의 몸을 강타했다.

"크헉!"

그러다 비행기의 한 조각이 태하의 머리에 맞았고, 그는 이내 정신을 잃고 말았다.

하지만 그가 기절했다곤 해도 비행기는 계속해서 추락했다.

휘이이이잉!

세상에서 가장 추운 지역으로 알려진 레나강 중부, 그곳에는 이미 혹한이 도래해 있었다.

숨을 쉬는 것조차 힘든 이곳에 태하가 떨어져 내린다면 그는 단 10초도 버티지 못할 것이다.

그러나 천우신조가 태하를 감싼 것일까?

그의 몸을 실은 비행기는 바닥에 부딪치더니 폭발이나 한 번의 튕김 없이 이내 강바닥을 쭉 미끄러져 어느 한 동굴로 들어섰다.

쿠쿵, 쿠웅, 끼이이이이익!

바닥을 긁으며 길게 미끄러진 비행기 조각은 마지막으로 동굴 벽을 한 번 들이받고서야 멈춰 섰다.

콰앙!

이곳은 영하 50도의 혹한과는 비교도 할 수 없을 정도로
아늑했지만, 문제는 동굴 내부가 생각보다 약하다는 것이었
다.

우지지직, 쿠쿠쿵!

동굴 이루고 있던 얼음과 바윗덩어리들이 무너져 내리면서
동굴은 천천히 입구부터 붕괴되기 시작했다.

콰앙!

입구가 무너진 동굴은 순식간에 지하 4층 정도까지 주저앉
았고, 태하를 실은 비행기 파편은 동굴을 떠받들고 있던 암석
들에 뒤섞여 아래로 떨어져 내렸다.

콰과과과광!

바로 그때 놀라운 일이 벌어진다.

푸슉, 솨아아아아아!

암석이 만들어낸 균열을 뚫고 푸른색 온천수가 쏟아져 용
천하기 시작한 것이다.

무려 섭씨 55도의 온천수는 마치 야광충이 섞인 서해의 바
닷물처럼 아름답게 반짝이고 있었다.

그리고 이곳의 온도는 사람이 생활하기 가장 좋은 영상 27도
로 맞춰지기 시작했다.

천우신조, 태하의 몸은 이제 온천수를 만나 혹한을 이겨낼
수 있게 되었다.

　　　　*　　　　*　　　　*

　의문의 동굴 안.

　태하는 무려 나흘이 지나서야 눈을 뜰 수 있었다.

　"쿨럭쿨럭!"

　그는 온천수가 만들어낸 수증기를 한껏 머금어 폐부로 공기가 유입되면서 한 차례 이산화탄소를 뱉어냈다.

　덕분에 정신을 차린 태하는 자신이 지금 어떤 상황에 처해 있는지 가늠해 보았다.

　"여긴……."

　분명 태하는 온천수가 용천하는 현장의 정 가운데 위치해 있었지만 온천 특유의 유황 냄새는 맡을 수 없었다.

　그렇다면 이곳은 지열로 데워진 지열온천인 것일까?

　"러시아에 지열온천이라니, 사업 아이템으론 딱 좋군."

　다 죽어가는 와중에도 이곳을 관광지로 개발하면 아주 좋겠다고 생각하는 태하이다.

　일단 그는 몸을 묶고 있는 안전벨트를 풀어 속박에서 벗어나기로 했다.

　뚜두둑!

　"으으윽!"

하지만 이미 오장육부가 다 뒤틀려 버린 상황에서 팔을 움직이는 것조차 쉽지가 않았다.

온몸의 뼈가 다 부러지는 바람에 미세혈관이 피를 뿜어냈고, 그것은 온몸 구석구석에 피딱지를 만들어냈다.

그중에서도 가장 심각한 부분은 바로 복부 아래쪽이었는데, 사람들은 통칭 이곳을 단전이라고 부른다.

태하는 이곳에 성인 남성 팔뚝만 한 파편을 고스란히 매달고 있었다.

아마 그가 잘못해서 파편을 건들기라도 하는 날엔 온몸에서 피가 쏟아져 죽을지도 몰랐다.

또한 오른팔과 왼쪽 다리를 크게 다쳐 도저히 움직일 수 있는 상황이 아니었다.

"제기랄."

그렇지만 계속해서 이곳에 머물고 있다간 아마도 굶어 죽거나 탈수 증상으로 말라 죽을 것이다.

지금 태하는 극심한 출혈로 인해 속이 타들어가는 듯한 갈증을 느끼고 있었다.

아마 이대로 하루만 더 지난다면 그는 갈증으로 인해 자신의 피라도 빨아 마실지 모른다.

"후우, 후우! 한 번에 가는 거다!"

지금 그가 온전히 움직일 수 있는 곳은 단 두 곳이다. 하나는 왼팔, 하나는 오른쪽 다리다.

그는 오른쪽 다리로 자신의 몸을 담고 있는 비행기의 좌석 난간을 발로 밀어 벨트의 압박에서 벗어났다.

그러는 동시에 왼팔에 힘을 주어 벨트를 풀어낸다.

딸깍!

드디어 벨트는 풀렸지만 그가 미처 예상하지 못한 사태가 벌어지고 말았다.

뚜두두둑!

"끄아아아악!"

그의 하복부를 감고 있던 벨트가 풀리면서 혈류가 갑자기 급격하게 온몸을 휘감기 시작한 것이다.

그로 인해 그의 복부에서는 한 움큼 피가 울컥 쏟아져 내렸다.

"허억, 허억!"

이제 태하는 두 눈이 흐려져 초점을 잡기도 힘들어졌고, 그는 끝내 정신을 잃고 말았다.

*　　　*　　　*

정신을 잃고 쓰러진 태하의 몸은 바닥을 잔잔하게 채우고 있던 온천수에 담가졌다.

부글부글!

동굴 바닥을 흐르던 온천수는 태하의 몸을 적시더니 이내 상처를 소독하며 기포를 형성하기 시작했다.

그리곤 이내 상처투성이의 몸을 빠른 속도로 회복시켜 나갔다.

우우우웅!

지금 태하의 몸을 감싸고 있는 것은 자연을 구성하는 가장 기본 단위이며 신체를 움직이는 원동력인 진기의 산물이다.

공기 중에 녹아들어 사람이 행동할 수 있는 가장 기본적인 조건을 만드는 진기는 인간을 극강의 오체로 만들어내기도 한다.

이것을 1년 모으면 신체가 바람을 따라 흐르며 조금씩 중력에서 자유로워지며, 10년을 모으면 바람을 밟고 날아오를 수 있다.

또한 60년을 모아 신체를 새롭게 하면 육신이 한 꺼풀 껍질을 벗고 탈피하게 된다.

옛 선인들은 이 현상을 두고 '환골탈태', 혹은 화경의 경지에 접어들었다고 말했다.

화경의 경지에 이르게 되면 인간의 몸은 모태에서부터 지니고 있던 백회혈이 열려 머리로 숨을 쉬게 된다.

이때부터는 진기의 유입이 더욱더 빨라져 일반인의 네 배에 달하는 호흡이 가능해진다.

이것은 인간이 인간을 뛰어넘는 경지에 도달하게 만드는 지름길을 마련하도록 유도하게 된다.

이 모든 것이 가능해지는 시기를 한 갑자, 혹은 일대천이라고 부른다.

사람이 한 번의 호흡으로 온몸에 진기를 한 차례 퍼뜨리는 것을 일주천, 이것이 60년 모이면 일대천을 이루게 되는 것이다.

사람이 일생을 바쳐야 이룩하게 되는 일대천, 하지만 놀랍게도 이 온천수에는 무려 십대천(十大天)에 달하는 내공이 녹아들어 있었다.

인체를 만나게 되는 즉시 그 몸을 새롭게 재구성하게 될 정도로 농도가 짙은 이 온천수에 몸을 담그는 것만으로도 인간은 극도의 치유 능력을 보유하게 된다.

태하는 기적적으로 이런 치료수에 몸을 담글 수 있게 되었는데, 여기서 그는 또 하나의 기연을 만나게 된다.

그것은 바로 그의 단전이 철에 찔려 그대로 공기 중에 노출되었다는 점이다.

단전은 진기를 모으는 그릇으로, 관원(關元)과 음교(陰交)를 따라서 신체의 상부로 진기를 유동시키는 혈 자리의 중심이라고 할 수 있다.

이곳에서부터 진기의 유동이 시작된다고 할 수 있으며, 호흡을 갈무리하여 진기를 취하는 또 다른 허파라고 할 수 있다.

1갑자의 진기를 모으면 이 단전은 양문(梁門)과 거궐(巨闕), 구미(鳩尾)에 이르러 두 번째 단전을 형성하게 된다.

선인들은 이것을 두고 중단전, 혹은 구미혈이라고 불렀는데 이곳을 타통하게 된 것은 한마디로 화경(化境)의 초입에 도달했다는 소리와 같았다.

태하의 단전, 그러니까 흔히 하단전이라고 부르는 이곳이 찢어짐으로 인해 10갑자에 달하던 진기가 있는 그대로의 모습으로 그의 몸속에 유입되고 있었던 것이다.

이로 인하여 태하는 중단전이 열리는 현상을 겪게 되었으며, 대추(大椎), 천추(天樞), 통천(通天)으로 향하는 상단전의 길목을 닦을 수 있게 된 것이다.

중단전이 열렸다는 것은 삼양오회(三陽五會), 즉 백회혈(百會)이 활성화 되었다는 것이고, 이것을 다시 열대천 정진하면 비로소 자연경에 이르게 된다.

자연경(自然境)은 몸과 진기가 자연에 스스로 녹아들어 내가 자연이고 자연이 나인 물아일체의 경지를 이르는 말이다.

자연경은 백회혈이 빨아들이는 진기를 고스란히 모아 저장할 수 있는 상단전을 가지고 있음을 의미하는데, 이것은 이미 초인의 경지에 접어들었다는 것을 반증하는 것이다.

한마디로 태하는 그 초인의 경지에 접어드는 급행열차를 탄 것이나 마찬가지였고, 스스로 탈피를 거칠 수 있는 토대를 마련하게 된 것이다.

뚜둑, 뚜두둑!

개복된 상태로 진기를 받아들인 태하의 몸은 순식간에 중단전까지 형성하게 되었지만, 그것을 당장 운용할 수는 없을 것이다.

태하는 지금까지 진기를 한 번도 운용해 본 적이 없기 때문에 몸이 그것을 축적하는 방법을 엉뚱하게 익혀 버린 탓이다.

대신 그의 단전은 조금씩 그 벽을 두껍게 만들어 마침내 일반인의 열 배에 달하는 크기의 단전 두 개를 소유하게 되었다.

또한 단전에 모이지 않고 그대로 몸을 타고 흐른 진기는 고스란히 혈맥에 쌓여 온몸이 진기로 맥질이 된 상태로 변모하게 되었다.

"쿠울……."

태하는 자신이 어떻게 변화하고 있는지도 알아채지 못한 채 그대로 깊은 잠에 빠져들었다.

*   *   *

일주일 후, 태하는 드디어 온천수 위에서 눈을 떴다.

"허어억!"

놀랍게도 일주일이나 지나 잠에서 깨어난 태하였지만, 그 피부는 마치 아이의 것과 같이 반짝거리고 있었다.

하지만 여전히 몸은 탈피를 진행하지 못했기 때문에 기혈과 근골이 전부 뒤틀려 있는 상태였다.

"사, 살았나? 내가 죽지 않았어?"

그는 온천수가 만들어내고 있는 은은한 푸른빛을 등불 삼아 환하게 밝혀진 주변을 바라보았다.

이전보다 대략 열 배 정도 좋아진 시력 덕분에 어두운 동굴이 대낮처럼 환하게 보이는 태하였지만, 그는 이것이 온천수 때문에 일어난 현상이라곤 상상도 하지 못했다.

"야광충이 녹아든 온천수인가? 특이하군."

이윽고 자리에서 몸을 일으킨 태하, 여전히 그의 하복부에는 어른 손바닥만 한 철 조각이 붙어 있다.

하지만 그로 인해 동반되는 고통은 이전보다 훨씬 더 적게 느껴졌다.

"후우! 이제야 좀 살 것 같군."

자리에서 일어서긴 했지만, 태하는 전신이 다 뒤틀려 있기 때문에 움직일 때마다 마치 해골 조각이 부딪치는 듯한 기괴

한 소리가 났다.

뚜둑, 뚜둑.

그러나 절뚝거리는 걸음이나마 걸어 다닐 수 있게 되었고, 이것은 장족의 발전이라고 할 수 있었다.

자리에서 일어선 태하는 이곳이 과연 어디쯤일까 하는 의문이 들었다.

하여 혹시라도 동굴에 남아 있을지도 모르는 첨단장비를 찾아 돌아다니기 시작했다.

꼬르르륵.

"젠장, 배고픔을 잠시 잊고 있었군."

그러나 태하의 위장은 음식물이 부족하다는 신호를 보내왔고, 그는 배고픔에 눈이 멀어 첨단장비 대신 먹을 것을 찾아 돌아다니게 되었다.

태하가 앉아 있던 좌석은 기체의 몸통 부분에서도 약간 앞쪽, 그러니까 기장실과는 불과 5미터도 안 되는 곳이었다.

안타깝게도 이곳은 승무원들이 식사를 준비하거나 음료를 만드는 주방과는 거리가 꽤 멀었다.

때문에 그가 마땅히 먹을 만한 것은 거의 없다고 해도 과언이 아니었다.

그나마 그가 앉아 있던 의자 아래에 먹다 남은 빵조각과 함께 땅콩 한 봉지가 놓여 있다.

그는 빵의 냄새를 맡아보았다.

"킁킁, 냄새가 좀 나긴 하지만……."

원래 음식은 유통기한이 지나도 내용물이 부패하지 않으면 섭취해도 전혀 문제가 없다.

그가 잡고 있는 이 정체불명의 빵 역시 먼지 냄새가 좀 나긴 해도 상한 것 같지는 않았다.

"쩝쩝."

그렇게 간단하게 한 끼를 해결하고 난 후 태하는 계속해서 첨단기기를 찾아 헤매기 시작했다.

*   *   *

조난 보름째. 태하는 이곳이 동굴의 지하이며 사방이 전부 막혀 있다고 결론지었다.

동굴에는 그 어떤 첨단장비도 보이지 않았고, 사람이 먹을 수 있는 것이라곤 겨우 손바닥만 한 땅콩 한 봉지가 전부였다.

이제 그는 또 다른 돌파구를 찾아 여행하지 않으면 안 되는 상황에 직면하게 된 것이다.

태하는 온천수를 쏟아내고 있는 네 개의 구멍을 찾아냈는데, 아마도 이것들 중 하나가 온천의 대맥을 잇는 구멍 같았다.

온천수에는 아주 미세한 양의 불순물이 섞여 있었는데, 이것은 온천수가 아주 순수한 지하수는 아니라는 것을 반증하는 것이다.

그렇다면 이것은 거대한 홀이나 더 깊은 지하와 연결되어 있다는 말이다.

한마디로 이곳을 통과하여 밖으로 나갈 수 있는 확률은 적지만 분명 존재하긴 한다는 소리였다.

그러나 이것은 생명과 직결된 문제이기 때문에 쉽게 여행을 결정할 수는 없었다.

"난감하군."

하지만 이대로 이곳에 가만히 있다간 아무것도 하지 못하고 죽게 될 것이 뻔했다.

그는 조용히 눈을 감았다.

―태하야.

'아버지······.'

눈을 감은 그의 뇌리엔 영원히 잊지 못할 자신의 우상 아버지가 선명하게 자리하고 있다.

그리고 다시 한 번 눈을 돌리니 어머니와 여동생이 보인다.

―오빠야, 같이 놀러 가자! 응?

'그래, 오빠 손잡고 나들이 가자.

―쯧, 태린아, 오빠 피곤하게 왜 그래? 그만 떼쓰렴.

'어머니, 괜찮아요. 태린이와 함께라면 전혀 피곤하지 않아요. 먹지 않아도 배부르고 눈에 넣어도 아프지 않아요.'

그는 손을 뻗어 가족들을 안았다. 하지만 그들은 먼지가 되어 바람을 타고 흩날릴 뿐이다.

'아, 안 돼!'

순간 그의 몸속에서 주체할 수 없는 분노가 치솟았다.

두근두근!

'아버지, 어머니, 태린아! 당신들을 이렇게 만든 놈들을 죽어서도 저주할 겁니다!'

분노는 그의 신경을 날카롭게 만들었고, 불안정한 생체 리듬이 요동쳐 각혈을 뿜어냈다.

"쿨럭!"

극도의 분노는 기혈이 미쳐 날뛰도록 만들었고, 결국에는 혈맥이 다시 한 번 뒤틀리게 되었다.

태하는 인지하지 못하고 있었지만, 그는 지금 주화입마에 빠져들고 있었다.

뚜두둑!

"크허어어억!"

가슴을 부여잡은 태하, 하지만 그는 초인적인 인내심으로 자신의 고통을 속으로 씹어 삼켰다.

'지옥 끝까지 쫓아갈 것이다!'

이내 그는 앞에 있는 네 개의 구멍 중 가장 큰 곳으로 몸을 밀어 넣었다.

첨벙!

*　　　　*　　　　*

사람의 집념은 무서운 것이라서 때론 기적을 만들어내기도 한다.

꼬르르륵.

태하는 보통 사람이었다면 그 자리에서 피를 토하고 죽었어야 할 주화입마를 가까스로 이겨낸 후 수면 아래로 몸을 던졌다.

이것은 제아무리 극강의 진기를 가진 초인이라고 해도 쉽지 않은 일이다.

하지만 태하는 특유의 인내심과 집중력으로 그 모든 고통을 이겨내고 있었다.

결국 그는 기혈이 거꾸로 흐르는 기이한 현상을 스스로 다스릴 수 있는 '역마경'의 경지에 우연히 접어들게 되었다.

역마경은 인간이 느끼는 분노를 다스리며, 그로 인해 오는 주화입마를 내공으로 바꾸는 경지이다.

극도의 분노를 느낀 인간은 오장육부가 뒤틀려 울화통을

터뜨리며 죽어 가지만, 역마경은 그 분노를 극음의 에너지로 전환하여 저장하게 된다.

이것은 십 갑자의 내공을 가진 극강의 고수도 평생 한 번이나 접할 만한 경지로 무병장수의 근원이 되기도 한다.

한때 중원을 호령하던 진시황이 그토록 찾아 헤맨 불로초는 다름 아닌 인간의 마음속에 있었던 것이다.

이제 태하는 악을 선으로 바꾸는 역선, 역마의 경지에 올랐기 때문에 불로의 몸을 갖게 되었다.

그와 동시에 그는 내공이 주는 치유 능력이 아닌 자연적 치료 능력을 몸에 내장하게 되었다.

덕분에 그는 무려 30분이라는 잠수 시간 동안 뇌세포가 산소 공급을 받지 않아도 멀쩡히 생존할 수 있었다.

그러나 정작 그는 자신의 호흡이 조금 길어졌다고 생각할 뿐이었다.

'이제 곧 숨을 쉬지 않으면 죽을 텐데……'

태하는 끝을 알 수 없을 정도로 길게 뻗어 있는 물줄기를 따라가면서 여러 가지 복잡한 심경에 사로잡혀 있었다.

하지만 그 와중에도 그의 시선을 잡아끄는 것이 있었으니 그것은 바로 이곳의 풍경이었다.

그가 유영하고 있는 이곳은 마치 전쟁터의 한복판을 연상케 하는 풍경이 연출되고 있었다.

원래는 일류 장인의 솜씨로 한땀 한땀 다듬어졌을 아름다운 석상들은 신체 일부분을 잃어 흉측한 모습이 되었고, 그 주변에 서 있는 기둥들에는 움푹 파인 상처가 가득했다.

'전쟁이라도 치른 것인가? 1차, 아니면 2차 세계대전?'

정확한 것은 알 수 없었지만 원래 이곳의 풍경이 상당히 수려했을 것이라는 사실엔 변함없었다.

투명하고도 영롱한 푸른빛을 내는 녹주석, 즉 아쿠아마린으로 이뤄진 복도에는 정갈한 느낌의 벽화가 줄을 지어 늘어서 있다.

그 벽화 안에는 인간의 아름다움을 상징하는 여신과 선녀들이 한데 어우러져 노는 황홀경이 펼쳐져 있었다.

'또 다른 절경이구나.'

만약 인간이 상상할 수 있는 극한의 미를 표현한다면 아마도 이러하지 않을까 하고 생각해 보는 태하이다.

그런 복도를 타고 대략 40분째 유영하던 태하, 그의 눈에 놀라운 광경이 펼쳐졌다.

'이, 이건……!'

태하는 더 이상 앞으로 나아갈 수 없는 거대한 벽에 가로막히게 되었는데, 그곳에는 도무지 그 숫자를 알 수 없을 정도로 많은 시신이 수북이 쌓여 있었다.

그런데 놀라운 것은 그 시신들 사이에 온전한 형상을 유지

한 사내가 정좌를 한 채 앉아 있다는 것이다.

강인하면서도 강렬한 눈매, 그것을 떠받치고 있는 턱은 여성스러우면서도 날렵한 인상을 주고 있다.

이 세상에 무수히 많은 미남이 있지만 단언컨대 그가 본 남자 중에 이 미남자는 최고라고 할 만했다.

'남선(男仙)? 그래, 천상에서 떨어져 내린 남선이라면 딱 이런 모습이겠군.'

같은 남자임에도 불구하고 그 모습을 뚫어져라 쳐다보던 태하, 바로 그때였다.

—네놈! 뭐 하는 놈이기에 아직까지 목숨을 보존하고 있더냐?!

놀랍게도 태하의 뇌리로 남자의 목소리가 들렸다. 화들짝 놀란 태하는 눈을 동그랗게 떴다.

'허, 허억?!'

이에 남선 역시 감고 있던 눈을 번쩍 떴는데 그 안에서 감춰져 있던 시뻘건 혈안이 모습을 드러냈다.

여기저기 피가 맺힌 눈동자, 아마도 그는 기혈이 역류하여 어혈이 예풍혈을 막아버린 것 같았다.

하지만 그런 지식을 가지고 있을 리가 만무한 태하이다.

'엄청난 원한. 나와 같구나.'

단지 그 모습이 서슬 퍼런 원한을 품은 자신과 같다고만 생각할 뿐이다.

이윽고 태하는 그의 몸을 잡아 이끌었다.

"꼬르륵!"

그러자 그의 몸이 서서히 정상으로 되돌아가더니 이내 혈안이 원래의 청안으로 변했다.

—…이것은 역마경(易魔境)?

'일단 이곳을 나가시죠.'

태하는 자신의 머릿속으로 흘러든 대로 그에게 대화를 시도했고, 딱딱하게 굳은 그는 조용히 고개를 끄덕였다.

그리곤 손가락으로 딱딱하게 막혀 있는 벽을 가리키며 말했다.

—저곳이 출구일세.

'하지만 저곳은 딱딱하게 막혀 있습니다만?'

—내가 뚫어줄 수 있네. 나를 벽으로 데려다 주게.

태하는 그를 벽으로 데려다 주었고, 남자는 온 힘을 쥐어짜 벽에 손을 가져다 대었다.

그러자 벽이 거짓말처럼 녹아내렸다.

쏴아아아아아!

덕분에 동굴을 가득 채우고 있던 물이 안쪽으로 흐르면서 드디어 태하는 숨을 쉴 수 있게 되었다.

"후아!"

하지만 사내는 이내 축 늘어져 버렸고, 태하는 그런 그를 흔들어 깨웠다.

"이봐요!"

"······."

그러나 아무런 대답이 없다. 태하는 지금 이것이 과연 어떻게 된 영문인지 가늠할 수 없었다.

"도대체 이건······."

그는 축 늘어진 사내의 몸통을 자신의 몸통에 연결시킨 후 질질 끌어 동굴 안쪽으로 향했다.

*   *   *

태하는 지하를 가득 채운 물이 사라진 이곳 북해빙궁의 만년빙전(萬年氷殿)에 앉아 천하랑의 얘기를 들을 수 있었다.

그는 약 650년 전, 이곳 북해빙궁에서 혈전을 벌인 천하랑이라며 운을 뗐다.

그리고 자신이 지금까지 이곳을 지킨 연유와 방법에 대해 말했다.

"인간의 육신은 채 100년을 버티기 힘들다네. 나 역시 그랬고 자네도 그럴 것일세."

"그런데 어떻게 하여 600년을 넘게 버틸 수 있었던 겁니까?"

"물은 인간을 구성하는 가장 기본적인 요소일세. 그곳에서 끝도 없는 진기를 수혈받는다면 능히 천 년을 버틸 수 있어. 하지만 그것은 오로지 극도의 정신일도 하사불성만으로 가능한 일이지."

"그럼 당신께선 이곳에서 오로지 자신의 진기만으로 유지하고 있던 겁니까?"

"그건 아닐세."

천하랑은 자신이 이곳에 일으킨 물난리에 대해 설명했다.

"이곳 북해빙궁은 만년설과 빙하로 만들어졌네. 인간이 살 수 있는 극한의 지역, 오로지 그곳의 산물로만 지어진 곳이지. 그런 만큼 빙궁의 겉이 녹으면 모든 것은 물로 변한다네. 나는 그곳에 오만의 무사들이 흘린 피와 진기를 녹여냈어. 그 이후론 물이 얼고 녹기를 반복하며 진기로 만들어진 온천이 형성된 것이지."

"흐음."

"아마 이곳에 오만의 무사들이 들이닥친 위기가 없었다면 난 지금까지 형체를 유지하고 있지 못했을 걸세. 물론 이제 그 유기적 상호작용이 끝을 맺을 테니 나 역시 일 년을 넘기기 힘들 것이지만 말이야."

그는 자신과 아내의 초상화가 그려진 철접선(鐵摺扇)을 태하에게 건네며 말했다.

"나는 이 사람을 지키기 위해 오만의 무사들에게 이십 년간 쫓기다 이곳에서 생을 마감했네. 그 이후엔 죽은 사람으로서 아내의 곁을 지켰지."

"그럼 부인께선……."

"글쎄, 아마도 빙궁의 지하에 잠들지 않았을까 하는 생각해 볼 뿐이라네."

천하랑은 무림맹의 추격을 피해 아내를 피신시키는 동안 자신은 이곳에 뿌리를 박은 나무처럼 굳건히 자리를 지키고 있었다.

그리고 그 이후엔 아내를 위해 스스로 온천의 핵을 자처한 것이다.

그는 태하에게 정중히 포권을 취하며 말했다.

척!

"내 부탁 하나 하겠네. 만약 자네가 나의 소원을 들어준다면 충분한 사례를 하겠네. 아니, 나의 제자로서, 또한 북해빙궁의 후지기수로서 살아갈 수 있도록 해주지."

"하지만 저는 그저 불구의 몸입니다. 이런 제가 뭘 할 수 있겠습니까?"

"내가 자네를 도울 수 있네. 명교의 무공은 자네의 몸을 고치고 더 나아가 초인의 경지에 오르도록 도와줄 것일세. 어떤가, 나의 제자가 되는 것이?"

"그렇지만……."

그는 태하의 손을 꼭 잡으며 말했다.

"600년, 아마도 이 긴 세월은 자네와 나 사이에 격세지감을 만들었을 것일세. 하지만 나는 단 하나 확신할 수 있어. 자네에게도 나와 같은 억하심정이 있다는 사실을 말이야."

"그, 그것을 어떻게……?"

"역마의 경지, 우리 명교에선 그 경지를 최고 선인의 경지라고 일컫는다네. 역마의 경지는 스스로 울화통이 터져 죽을 정도의 억울함을 품고 있으면서도 그것을 속으로 삭여 주화입마에서 벗어난 사람만이 도달할 수 있다네. 자네가 과연 어떤 연유에서 역마의 경지에 오르게 되었는지는 잘 모르겠네만, 한 가지 확실한 것은 역마의 초입으로 이끌었을 정도로 사무치는 원한이 있다는 것이네."

"……."

"그 원한, 갚을 수 있다면 어떻게 하겠나?"

"…영혼이라도 팔지요."

"그렇다면 우선 이곳을 나가게. 그리고 그 이후에 복수를 위해서든 누군가를 보호하기 위해서든 살아남게. 그것이야말로 자네가 선을 이룰 수 있는 최선의 방책이라네."

태하는 고개를 끄덕였다.

"좋습니다. 당신의 제자가 되겠습니다. 또한 북해빙궁의 후지기수가 되겠습니다."

"그래, 잘 생각했네. 살아 있다는 것, 그것이 얼마나 아름다운 것인지 깨닫게 될 것일세."

천하랑은 태하에게 구배지례를 요구했다.

"나에게 아홉 번 절을 하고 북해빙궁에도 아홉 번 절을 올리게. 이것으로 하여 마교의 후예이자 북해빙궁의 대리주인 나 천하랑과 자네는 사제관계가 되는 것일세."

"예, 사부님."

그는 불편한 몸으로 아홉 번 절을 올렸다.

뚜둑, 뚜둑.

조금 느린 그의 구배지례였으나, 천하랑은 그것을 넉넉한 눈빛으로 받아들였다.

"이제 우리는 사제지간이다. 나는 너를 제자로서, 너는 나를 사부로서 서로에 대해 예를 다해야 한다. 알겠느냐?"

"예, 사부님."

그렇게 두 사람은 스승과 제자가 되었다.

       *   *   *

늦은 밤, 검은색 승합차를 탄 남자들이 강원도 영월에 위치한 무연고 시신보관소로 향하고 있다.

그들은 동대문에서 구매한 가짜 신분증을 가지고 있었는데, 그 안에 나와 있는 여자의 얼굴은 이미 실종된 지 4년이나 된 사람의 것이었다.

사내들은 시신보관소에 도착하자마자 이곳의 책임자부터 찾았다.

똑똑.

책임자가 상주하고 있는 당직실의 문을 두드린 사내는 다름 아닌 넙치, 그리고 그 뒤로 서 있는 사내들은 그의 부하들이었다.

넙치가 문을 두드리자 머리가 훤히 벗겨진 중년남자가 불쑥 모습을 드러냈다.

"무슨 일이오?"

"이런 여자를 찾으러 왔수다."

"흐음, 이름이 어떻게 되신다고?"

"경희, 정경희요."

"아아, 정경희 씨? 이쪽으로 오시오."

그는 연고가 없는 시신들을 보관하는 스텐 집기를 열어 얼굴이 뭉개진 한 여성을 찾아냈다.

드르르륵!

"으윽!"

코를 찌르는 악취가 진동했지만 관리자는 상당히 익숙한

듯 말했다.

"맞는 것 같소? 뭐, 얼굴이 뭉개져 형체를 알아볼 수는 없지만 말이오."

"그런 것 같소. 저 손목의 점, 확실하군."

"그래요? 그럼 이곳에 서명하고 망자를 모시고 가구려."

"고맙수다."

관리자는 시신을 가족에게 인계했다는 확인필증을 발부한 후 다시 당직실로 들어갔다.

그러자 넙치 일행은 시신을 차 안에 아무렇게나 처박아 버렸다.

쿵!

넙치는 행동대장 정성식을 바라보며 한숨을 푹 내쉬었다.

"이런 머저리 같은 놈, 그깟 여자 하나 간수 못해서 이게 뭔 난리야?"

"…죄송합니다. 나도 모르게 그만……."

그는 머리가 아프다는 듯이 고개를 가로저었다.

"후우, 됐고, 이제는 그년의 치과 기록만 갈아치우면 되겠군."

"예, 형님."

넙치는 울상이 된 정성식의 어깨를 두드리며 말했다.

"괜찮아. 어차피 그년은 얼마 못 가서 죽었을 거다. 차가 물에 빠졌는데 어떻게 살아나겠어? 안 그래?"

"그, 그건 그렇습니다만……."

"잊어라. 앞으로가 중요한 거지."

"감사합니다, 형님!"

"그래, 그래."

이제 그는 동생들을 데리고 다시 서울로 향했다.

*   *   *

대한그룹 임시주주총회가 열리는 날, 대주주였던 김태평 회장을 제외한 거의 모든 주주들이 참석해 자리를 채웠다.

오늘 주주총회에서 가장 많은 의결권을 행사하게 될 사람은 다름 아닌 김충평, 대외적으론 계열분리가 된 대표이사였다.

하지만 그 역시 대한그룹에 대한 지분율이 꽤 높았으며, 아들과 조카의 지분을 합치면 대략 30%의 지분율을 가지고 있었다.

물론, 이것은 지주회사 대한정밀에 대한 지분율은 아니고 그룹 전체에 대한 지분율을 말하는 것이다.

오늘 임시주주총회의 안건은 현재 공석인 회장과 총괄이사, 그리고 원래 이즈음 부임하기로 했던 부회장에 대한 선임에

관련된 건이었다.

김충평은 그룹총괄 회장에 대한 단일후보로 지원했으며 현재의 의석수를 따지자면 단연 무사통과가 될 예정이었다.

문제는 이사회의 반발이 생각보다 심하다는 점이었다.

원래 김충평은 후계구도에서 밀려난 패배자였기 때문에 회장직에 대한 역량이 의심된다는 의견이 대부분이었다.

그러나 이것은 표면적인 이유에 불과할 뿐, 사실은 주축세력이었던 김태평 회장 부자가 사라진 틈을 타 어둠속에 숨어 있던 야심가들이 이빨을 드러낸 것이었다.

특히나 대한자동차의 대표이사 회장인 이정문은 이사회를 선동하여 주주총회의 안건을 회장 선임에서 '임시회장 선임'으로 바꾸어버렸다.

이로서 회장직 인수는 대리회장, 혹은 임시회장으로 그 이름이 변해버린 것이었다.

김충평은 아들 김태우와 조카 김태형을 자신의 필두에 둔 채 주주총회장에 자리하고 있었다.

그런 그에게 이정문이 다가와 고개를 숙였다.

"오래만입니다, 회장님."

"이게 누구인가? 이대표 아닌가?"

서로 웃고 있는 두 사람, 하지만 어쩐지 그 미소 뒤에는 차갑게 벼려진 칼이 한 자루 숨겨져 있는 것 같은 느낌이었다.

이정문은 그에게 연거푸 고개를 숙이며 말했다.

"총괄회장 당선을 미리 축하드립니다."

"아직 확실히 정해진 것은 아무것도 없네만?"

"지금 이 상황에서 회장님을 이길 수 있는 사람은 아무도 없습니다. 더군다나 회장님의 역량이 그 정도로 지대하다는 것은 누구나 다 아는 사실이지요."

"그런가?"

"하지만……."

이정문은 칭찬일색이던 분위기를 단박에 뒤엎어버렸다.

"임시, 그야말로 임시직에 지나지 않는 총괄회장이지요."

"……."

"하지만 그게 어디입니까? 저는 임시회장이라도 시켜만 주신다면 열심히 최선을 다해서 일할 겁니다."

"그럼 자네도 지원하지 그랬나?"

그는 고개를 가로젓는다.

"저는 괜찮습니다. 허울뿐인 임시회장직에 매달리느니 김태하 총괄부회장이 돌아오길 기다리는 편이 낫지요."

태하라는 소리에 김충평의 눈썹이 아주 약하게 꿈틀거렸지만, 그는 이내 특유의 냉혹한 미소를 지으며 말했다.

"마음에도 없는 소리를 하는군. 자네가 언제부터 우리 태하를 챙겼다고 그러는가?"

"우리 태하라……."

이정문은 의미심장한 미소를 지으며 말했다.

"그 마음, 영원히 변치 마시기 바랍니다."

"…뭐라?"

"조카를 아끼는 마음 말입니다. 동생을 죽인 살인자가 될 수도 있는 사람을 아낀다… 쉽지 않은 일이지요. 물론, 할 수만 있다면 그런 인재는 살려두는 편이 좋긴 하지만 말입니다."

이윽고 이정문이 다시 고개를 숙였고, 그는 이내 자신의 자리를 찾아 걸어갔다.

그런 그를 바라보는 김충평은 주먹을 꽉 쥐었다.

'네놈의 그 오만한 태도를 고쳐주도록 하지. 두고 보아라, 이 싸움의 승자는 반드시 내가 될 것이다!'

그는 자신의 성공만을 바라보며 칼을 갈고 또 갈았다.

4. 수련

천하랑은 태하에게 한 가지 소원을 말했다.

그것은 바로 아내 설화령과 함께 묻히는 것, 영원한 사랑을 맹세한 약속을 지키려는 것이다.

태하는 그것을 이뤄주는 대신 북해빙궁의 지하로 들어가 그녀를 붙들고 있을 한빙검을 취하기로 했다.

그 모든 것을 이루기 위해선 천하랑에게 무공을 전수받아 수련하는 수밖에 없었다.

우선 천하랑은 가장 먼저 뒤틀려 버린 태하의 몸을 바로잡기로 했다.

그는 만년빙전의 천장에 천으로 만든 밧줄을 엮어 매단 후 태하의 몸을 거꾸로 매달았다.

뚜두둑!

"크아아아아아악!"

"버텨야 한다! 버티지 못하면 절대 밖으로 나갈 수 없어!"

지금 태하의 몸은 기혈(氣血)과 근골(筋骨)이 서로 어긋난 채로 굳어 있기 때문에 잘못하면 꼽추로 살아가야 할 수도 있었다.

하지만 이미 그의 몸속에는 엄청난 양의 진기가 자리 잡고 있기 때문에 제대로 혈맥만 풀어주어도 충분히 환골탈태를 이룰 수 있었다.

천하랑은 그의 몸을 거꾸로 매달아 뼈가 축 늘어지도록 만들었고, 그 상태로 건곤대나이의 제1구결을 읊도록 했다.

"명심해라! 이 사부가 말해준 혈 자리를 머릿속으로 끝도 없이 대뇌는 것이다! 실패하는 순간, 온몸의 피가 터져 죽을 것이다! 알겠느냐?!"

"예!"

천하랑은 명교의 교주들에게만 전해져 내려오는 천마삼경 (天魔三劍) 중 그 근간이 되는 심법(心法) 건곤대나이를 가장 먼저 전수해 주기로 했다.

건곤대나이는 하늘과 땅, 그리고 나아가선 대자연을 무공이라는 그릇에 압축시킨 절대신공이었다.

때문에 변화무쌍한 자연을 닮은 기교는 물론이요, 자연과 하나되어 무극의 경지에 이룰 수 있도록 도와준다.

만약 태하가 이 건곤대나이를 익히게 되면 심신이 빠르게 안정을 되찾아 다시 정상으로 되돌아올 수 있을 것이다.

하지만 그 과정은 결코 쉽지 않았다.

"거료(巨膠), 천용(天容), 유문(幽門), 천추(天樞)를 따라 기혈이 흘러 극문(郄門), 내관(內關)에 이르는 길목을 기억하거라."

태하는 그가 읊어준 길을 계속해 중얼거렸고, 천하랑은 그가 모든 구결을 외웠다고 생각되자 곧장 일수를 출수했다.

타다다다닥!

"쿨럭!"

"이 길이다! 이 길을 정확하게 기억하여라!"

그는 천마삼경의 권법 건곤일식 중 나한천수(羅漢千手)로 태하의 혈을 점혈했다.

그러자 그의 기혈이 뚫리면서 몸이 한 차례 뒤틀렸다.

뚜두두둑!

"크아아아아아악!"

"참아야 한다! 참아야 몸이 정상으로 되돌아올 수 있어!"

"크흑, 크흑!"

극심한 고통 속에서도 태하는 건곤대나이의 구결을 끝까지 입에 머금고 있었다.

"겨료, 천용, 유문……."

아마도 보통 사람 같았으면 벌써 거품을 물고 기절했거나 십중팔구 혀를 깨물고 자살했을 것이다.

그 정도로 틀어진 뼈를 되돌리는 것은 고통스러운 일이다.

하지만 태하는 그것을 악으로 버티면서도 천하랑의 가르침을 머리로 받아들이고 있었다.

'물건이군.'

천하랑은 태하의 뛰어난 두뇌와 타고난 집중력을 지켜보며 감탄을 연발했다.

지금까지 천하랑은 수많은 고수들을 보아왔지만 이렇게 총명한 사람은 단연코 한 번도 본 적이 없었다.

천생무골(天生武骨)은 아니더라도 그 구결을 받아들이는 두뇌가 뛰어나 분명 극성에 도달할 수 있을 듯했다.

'죽을 자리에서 기연을 만났군그래.'

그는 속으로 미소를 지었다.

*　　　*　　　*

수련 일주일째. 태하는 건곤대나이 2장 마지막 구절을 전수 받고 있었다.

"기해(氣海), 혈해(血海), 양구(梁丘), 태충(太衝)을 지나 땅으로 기운을 보내고 받아들인다. 이것이 바로 제2장이니라. 알겠느냐?"

"예, 사부님."

그는 여전히 밧줄에 매달려 있었는데, 이제는 거꾸로 된 자세에서 내려와 양쪽 겨드랑이를 줄에 걸친 형국이다.

신체의 각 부분을 늘어뜨려 중심을 맞춘 천하랑은 이제 태하의 하체를 다잡으려 그를 바로 매단 것이다.

뚜두두둑!

하지만 여전히 그를 엄습해 오는 고통의 크기는 전혀 줄어들지가 않았다.

"허억, 허억!"

"구결을 외우거라! 포기해선 안 돼!"

"…기해, 혈해, 양구……."

천하랑은 그의 하체를 점혈하여 하단전의 상태를 진단해 보았다.

툭툭툭!

나한천수의 일수가 출수되어 태하의 몸속을 돌아다니기 시작했고, 그 기운은 건곤대나이의 기운을 찾아냈다.

'있다!'

태하의 하단전에는 이제 건곤대나이의 운기가 자리를 잡기 시작했고, 이제 이것을 크게 키우기만 하면 신체를 구성하는 일은 마무리될 것이다.

천하랑은 태하의 믿을 수 없는 성취에 연일 놀라움을 금치 못했다.

'만약 600년 전에 이런 제자를 만났더라면……'

그는 지금까지 단 한 명의 후지기수도 배출하지 못한 비운의 무인이었는데, 만약 명이 세워지기 전에 태하와 같은 제자를 만났더라면 무림공적에서 벗어날 수 있었을지도 모른다.

하지만 이젠 시일이 지나 오로지 한 가지를 위해 모든 것을 뒤로할 때가 되었다.

그는 조금씩 자신의 진기를 나누어 태하의 단전에 밀어 넣기 시작했다.

쿠그그그그극!

'으으윽!'

신체의 일부분을 고갈시키며 태하의 몸을 재구성해 나가는 천하랑, 아마 1년은커녕 보름 만에 그 몸이 축날지도 몰랐다.

하나 그는 백골로나마 그녀의 곁에 남을 수만 있다면 모든 것을 포기해도 좋다고 생각했다.

'부디, 부디 나의 소원을 이뤄다오.'

그는 무너져 가는 자신을 정신력으로 다잡으며 기도하는 마음으로 태하를 살리고 있었다.

　　　　　*　　　　　*　　　　　*

　건곤대나이를 익힌 지 한 달, 드디어 태하는 온전히 몸을 가누고 걸어 다닐 수 있게 되었다.

　천하랑은 이제 태하에게 천마삼경의 나머지 두 구결을 가르치기로 했다.

　그는 명교 최고의 권법인 건곤일식과 무림 초일류 검술인 파천검성(破天劍惺)을 전수하기 위해 먼저 보법을 가르치기로 했다.

　"천마삼경의 보법은 태영보법(太景步法)을 기반으로 하여 귀영보(鬼景步), 태살보(太殺步), 천마진영보(天魔眞景步), 마지막에는 천수나한보(千手羅漢步)로 연결된다. 이제부터 너는 태영보법을 익혀 평소에 밥을 먹을 때나 변소에 갈 때나 항상 이것을 사용하도록 하거라."

　"예, 사부님."

　천하랑은 자신의 발에 진기를 끌어올려 바닥에 발도장이 찍히도록 했다.

　쿵쿵쿵쿵!

　그가 걷는 보폭은 생각보다 좁았지만 발 모양과 몸의 이동 방향이 그것을 상쇄시켜 오히려 일반인보다 족히 두 배는 빠르다는 느낌이 들게 했다.

"태영보법은 두 보를 한 보로 사용하는 보법이다. 하지만 그에 들어가는 내력은 거의 무에 가깝지. 그 이유는 보법을 밟을 때마다 기혈을 다시 역행시켜 타들어가는 내공을 다잡아 하단전으로 갈무리하기 때문이야."

"그렇군요."

지금까지 태하는 건곤대나이는 물론이고 천마삼경에 나오는 모든 혈 자리와 운기하는 법을 전부 암기했다.

이제 그는 실전으로 배워 몸에 익히는 일만 남은 셈이다.

"지금부터 하루 종일 이렇게 걷는 법을 익히다 보면 자연스레 몸이 가벼워지고 보법이 발에 익을 것이다. 그렇게 되면 진기를 운용하여 귀영보, 태살보, 천마진영보를 익힐 수 있게 될 거야. 그 이후 네가 화경을 넘어선다면 천수나한보를 익혀 궁극의 경공을 사용할 수 있게 되겠지."

"명심하겠습니다."

"그럼 지금부터 시작하거라."

"예, 사부님."

말을 맺고 천하랑의 발을 따라 걸음을 옮겨본 태하는 자꾸 발이 꼬이고 중심이 맞지 않아 넘어지기 일쑤였다.

쿠웅!

"으윽!"

"인간은 직립하여 보행하는 동물이다. 당연히 걸음이 꼬일 수도, 중심을 잃을 수도 있어. 하지만 그것을 이겨내야 한다."

"네, 사부님!"

태하는 오늘도 묵묵히 그의 수련법에 따라 몸을 변화시키고 있었다.

태하가 태영보법을 익힌 지 3일째, 그는 이제 귀영보와 태살보, 천마진영보를 전개할 수 있게 되었다.

그는 선천적인 무골이 아닌 만큼 원래대로라면 이것을 익히는 데 족히 10년은 할애해야 했을 것이다.

하지만 그는 뛰어난 이해력과 집중력으로 무공을 자연스럽게 이해하고 몸에 익혔으며, 두꺼워진 내공 벽이 그것을 떠받치면서 완벽한 성취를 만들어내고 있었다.

파바바밧!

귀영보는 귀신의 그림자처럼 소리 없이 움직여 상대가 그 기척을 느끼지 못하게 하는 보법으로, 정파무림인들이 가장 무서워하는 보법이다.

또한 태살보는 인간이 도약할 수 있는 최대한의 높이를 무려 200배까지 높여주기 때문에 신체의 한계를 뛰어넘을 수 있다.

그리고 이 두 보법의 상승 무공인 천마진영보는 바람을 타고 하늘을 날아다닐 수 있으며, 그 어디에서나 신영을 숨길 수 있었다.

다만 태하가 땅을 주름잡아 움직이거나 원하는 지역까지 땅을 타고 움직이는 천수나한보를 익히지 못하는 것은 무공의 성취 때문이었다.

아마 그가 수련을 거듭하여 지금 열린 단전을 다 채울 수 있다면 충분히 천수나한보를 전개할 수 있을 것이다.

그렇다고는 하여도 천마진영보까지 익혔다는 것은 무림 최고의 경공을 가지고 있다는 소리다.

천하랑은 빙궁의 천장을 거꾸로 올랐다가 다시 새처럼 날아올라 비행하는 태하를 바라보며 흡족한 미소를 지었다.

"좋아, 이 정도 성취라면 이제는 권법과 검법을 연성해도 될 것 같구나."

"열심히 정진하겠습니다."

천하랑은 태하에게 권법의 기초가 되는 초식을 전수하기로 했다.

"초식은 무공을 만드는 뼈대이자 근간이 되는 것이란다. 만약 이 초식을 잘못 배우게 되면 안 배운 것만 못한 사태가 벌어지고 말지. 그러니 손끝 하나, 세심한 숨결 하나도 놓치면 안 된다. 알겠느냐?"

"예, 사부님."

그는 태영보법을 타고 물 흐르듯이 권법을 전개해 나갔는데, 그 모습이 마치 한 마리의 학을 보는 것 같았다.

슈각, 퍼엉!

하지만 적을 공격하기 위해 수와 각을 뻗을 때에는 가히 맹수의 왕 호랑이처럼 날카롭고 단호하게 끝을 맺었다.

"이것이 바로 천마삼경의 권법 건곤일식이다. 외울 수 있겠느냐?"

"노력하겠습니다."

"이제부터 너와 나는 해가 뜨고 지는 것을 신경 쓰지 않고 하루에 1,000번 초식을 전개할 것이다. 알겠느냐?"

"예, 사부님."

두 사람은 마치 처음부터 한 몸이었다는 듯 아주 자연스럽게 권법을 전개해 나갔다.

*   *   *

수련 두 달째, 태하는 이제 권법 구결을 모두 익히고 검법 구결을 전수 받고 있었다.

천하랑은 태하에게 빙하로 검을 만들어주었는데, 그 안에는 무려 15kg에 달하는 돌이 들어 있었다.

보통 사람이라면 검을 두 손으로 들고 서 있기조차 힘든 무게라고 할 수 있다.

하지만 천하랑은 그것을 한 손으로 아주 가볍게 휘두르며 검법의 초식을 전개해 나갔다.

휘익, 휘익!

"천마삼경의 무공은 불을 본떠 만들었다. 그렇기 때문에 때론 부드럽고 정교하게, 때론 거칠고 투박하게 초식이 진행되지."

"하, 하지만 검이 너무 무겁습니다. 제가 이것을 수련할 수 있을까요?"

"인간이 만든 모든 무공은 인간이 할 수 있기 때문에 탄생한 것이다. 봐라, 내가 검을 들고 움직이는 것이 거짓이더냐?"

"아닙니다."

"할 수 있다. 할 수 있기 때문에 이런 무공이 탄생한 것이다."

"죄송합니다. 제 생각이 짧았습니다."

"하하, 아니다. 지금까지 나와는 다른 삶을 살아왔으니 그럴 수도 있어."

그는 인생을 살면서 자신이 느낀 것을 태하에게 아낌없이 전수했다.

"인간은 자신이 넘을 수 없을 것 같은 벽을 만났을 때 극도의 좌절을 맛보게 된다. 그 벽은 함부로 허물 수도, 뛰어넘을 수도 없을 것 같거든. 하지만 불가능이란 애초에 존재하지 않는단다. 벽을 만나면 그 벽을 쓰러뜨려라. 그럼 길이 될 것이요, 기회가 될 것이야. 또한 벽을 넘을 수 없다고 좌절하지 말고 끝까지 오르고 또 올라라. 그리하면 마침내 네가 벽을 정복하고 있을 테니까."

"네, 사부님. 각골명심하겠습니다."

태하는 아직 근골이 여물지 않았기 때문에 일반인과 비슷한 정도의 근력만 낼 수 있었다.

천하랑은 그에게 근력을 단련할 수 있는 방법을 일러주었다.

"이 빙벽을 따라 내가 홈을 파놓겠다. 그럼 너는 그곳을 맨손으로 오르면서 근골을 단련시키거라. 하루에 천 번 이곳을 오르내리다 보면 자연스럽게 근력이 좋아질 거야."

"예, 알겠습니다."

그는 태하가 벽을 오를 수 있도록 홈을 파기 시작했는데, 그 홈이 워낙에 들쑥날쑥해 일반인은 아예 오를 엄두도 내지 못할 것 같았다.

하지만 이미 태하는 보법을 모두 연성하였기 때문에 높은 곳에서 떨어져 내린다고 해도 다칠 일은 없었다.

다만 힘든 것은 일반인이나 태하나 마찬가지였다.

"허억, 허억!"

"쉽지 않을 것이다. 하지만 포기하지 마라."

"예!"

그는 오늘도 뼈를 깎는 고통을 이겨내며 수련에 박차를 가했다.

*   *   *

수련 3개월째.

이제 태하는 일반인의 열 배에 달하는 신체능력을 소유하게 되었고, 그 몸은 탄탄하기 이를 데가 없었다.

그는 북해빙궁 구석구석에 자생하는 한련버섯(寒演)이라는 것을 주식으로 삼고 있었는데, 그것은 근골과 내공을 탄탄하게 만들어주는 효과가 있었다.

태하는 오로지 채식만을 고수하며 몸을 만들었기 때문에 탁기라곤 전혀 찾아볼 수 없었다.

이제 태하는 아침저녁을 가리지 않고 권법과 검법을 연성했고, 그에 따라 보법과 심법도 섞어 전개할 수 있게 되었다.

"파천검성 제4장 천혈수라섬(天血修羅閃)!"

슈가가가가각!

천혈수라섬은 일격에 총 150수를 뻗어내는 신묘한 초식으로, 한 번 전개되면 150수의 변화무쌍한 허수와 실수를 둘 수 있다.

한마디로 천혈수라섬을 상대하는 이가 느끼기엔 무려 150수를 한 번에 받아내는 것 같은 착각이 들게 된다.

천하랑은 태하가 전개하는 검법을 바라보면서 문제점을 지적했다.

"천혈수라섬을 전개한다는 것은 기혈을 자유자재로 움직일 수 있다는 뜻이다. 하지만 너는 수를 너무 정직하게 뻗고 있다. 검은 사람의 마음을 대변하는 법, 물론 정직이 무사로서 지켜야 할 제일의 도리이긴 하다. 하지만 검을 섞을 때엔 상대를 제압하고 더 나아가 싸움을 무마시킬 수 있게 만들겠다는 일념으로 임해야 한다. 또한, 너의 무공은 허초와 실초를 두는 동안 기혈의 움직임이 계속 같은 곳으로 향한다. 이것은 무공의 편중을 뜻하는 일, 이제부터는 단조로움을 탈피할 수 있도록 하거라."

"예, 알겠습니다."

요즘 태하는 안 그래도 검술이 좀처럼 늘지 않아서 걱정이 태산이었다.

하지만 천하랑이 알려준 것들을 곰곰이 되뇌어보니 어째서 자신이 성장할 수 없었는지 알 것 같았다.

'그래, 무공의 단조로움! 그것 때문에 내가 앞으로 나아갈 수 없던 것이구나.'

학식과 무공은 꽤나 비슷한 면이 많았다. 학식 역시 단조로우면 그 가두리 안에서 헤어 나올 수 없고, 자칫 잘못하면 엉뚱한 방향으로 접어들 수도 있다.

태하는 지금 무공을 익히는 길에 오류가 있어 잘못된 방향으로 서서히 걸어가고 있었다.

천하랑은 그의 유일한 오류를 잡아내어 태하를 올바른 길로 인도해 주었다.

이제 그는 단조로움을 탈피하여 한 단계 더 성장하게 되었다.

"천혈수라섬!"

촤락, 슈가각, 퍼엉!

태하는 때론 뱀처럼 휘었다가 비처럼 빈틈없이 수를 쏟아 내기도 하고, 때론 폭탄처럼 일격에 진기를 터뜨리기도 했다.

이제야 천혈수라섬은 진가를 발휘했고, 태하는 자신이 한 단계 성장했음을 느낄 수 있었다.

"돼, 됐다!"

"으음, 그래, 바로 그거야. 앞으론 그 느낌을 잊지 않게 위해 노력하거라."

"예, 사부님!"

오늘 하루도 태하는 한 발자국 더 앞으로 나아가고 있었다.

*　　　　　*　　　　　*

　수련 오 개월째.

　이제 태하는 천마삼경을 모두 독파하고 그 오의에 대하여 서서히 깨달아가는 중이었다.

　지금 그의 내공은 무려 한 갑자를 넘어서 이대천을 향하고 있었으며, 화경의 경지를 뛰어넘어 현경의 경지를 바라볼 수 있게 되었다.

　이것은 태하의 뛰어난 두뇌와 오만 무사들의 내공, 그리고 천하랑의 사사 덕분이었다.

　천하랑은 이제 태하에게 자신이 가르칠 것이 더 남아 있지 않다고 판단했다.

　그는 이제 슬슬 이곳 빙벽의 문을 열어 아내와 조우할 날이 다가옴을 느꼈다.

　"태하야, 이제 이 사부가 너에게 가르칠 것은 더 없을 것 같구나."

　"아직 많이 부족합니다."

　"인간은 원래 채워도, 채워도 끝이 없는 우물과 같단다. 인간은 아무리 많이 채워도 끝까지 차오르지 못해. 또한, 그곳을 꾸준히 채워주지 않는다면 우물은 마르고 만단다."

　"예, 사부님. 명심하겠습니다."

천하랑은 태하에게 전혀 새로운 무공에 대해 언급했다.

"600년 전, 화령을 아내로 맞이했을 때 나는 특이한 통과의례를 거쳤단다."

"통과의례요?"

"바로 이 북해빙궁에 장가를 드는 사람이 거치지는 통과의례였지. 그것은 내가 백년손님이 아니라 북해빙궁의 일원이 되는 과정이었단다."

천하랑은 태하가 서 있는 바로 뒤쪽 벽에 극냉의 권을 출수시켰다.

"허업!"

휘이이잉, 쨍그랑!

극냉의 권은 벽을 허물고 그곳에 냉기가 풀풀 올라올 정도로 지독한 한기를 품고 있었다.

"나는 북해빙궁에 장가를 들면서 현명신장(玄冥神掌)과 대설심법(大雪心法), 그리고 한성검법(寒星劍法)을 익히게 되었단다. 이것은 북해빙궁의 궁주들에게만 전해져 오는 상승 무공인데, 나의 장인은 딸인 화령보다는 사위에게 이 무공을 전수해 주었어."

"사부님을 영원이 북해빙궁의 일원으로 만들겠다는 생각이었군요."

"그래, 그렇단다. 하지만 비단 그런 문제만 얽힌 것은 아니었어. 장인은 천마삼경을 익힌 나에게 한빙검을 수호해 달라고 부탁할 참이었어. 그런데 불의 무공을 익힌 내가 한빙검을 잡는 순간 내 몸은 꽁꽁 얼어붙어 죽고 말지."

"아아!"

"원래 명교와 빙궁은 애초에 그 성향이 다르기 때문에 함께 무공을 익히기가 힘들어. 하지만 건곤대나이는 그것을 한데 섞어줄 수 있는 성향을 가졌지. 때문에 나는 북해빙궁의 상승 무공을 익히고 스스로 한빙검의 수호자가 되기로 결심했다."

"그렇군요."

천하랑은 태하의 두 손을 꼭 잡으며 말했다.

"아마도 나는 너에게 무공을 전수하는 동안 거의 모든 진기를 소진했다. 이제 이렇게 멀쩡히 돌아다닐 날도 그리 많지 않을 거야."

"사, 사부님, 어찌 그런 말씀을 하십니까? 그렇게 되면 저는 이제 정말 혼자가 됩니다."

"그렇게 생각하지 말거라. 원래 인생은 온 날이 있으면 가는 날도 있게 마련이란다. 부모가 자식을 낳아 키워 출가시키듯 너 또한 언젠가는 나를 떠나 살아야 한다."

"사부님……."

"태하야, 마음을 굳건히 하여라. 그리고 앞으로 나와 내 처가의 유지를 이어받아 올바른 사람이 되도록 해라. 이것이 내 마지막 당부이니라."

아마도 태하는 애초에 천하랑과의 이별이 쉽지 않을 것이라고 짐작하고 있었을 것이다.

워낙 사람에 대한 정이 많은 태하이기 때문에 사부가 죽어 없어지는 것을 지켜본다는 것은 쉽지 않은 일이 될 것이다.

하지만 그는 굳게 마음먹는다.

"명심, 또 명심하겠습니다!"

"그래, 장하구나."

이제 천하랑은 태하에게 마지막으로 가르침을 남기려 했다.

"태하야, 이제부터는 나는 북해빙궁의 사위로서 너에게 무공을 전수하겠다. 너는 사문인 명교의 무공과 함께 북해빙궁의 신법을 똑같이 여기거라. 알겠느냐?"

"예, 사부님."

천하랑은 태하가 대설심법을 익힐 수 있도록 자신의 비법을 모두 다 풀어놓았다.

"대설심법은 애초에 중단전에 그 근간을 두는 심법이다. 대설심법을 익히면 극한의 추위 속에서도 의연하게 버틸 수 있으며, 그 극한을 자신의 것으로 만들 수도 있단다. 하지만 모든 상승 무공이 그러하듯 중단전에 두 가지의 무공이 섞이면 주화입마에 빠지게 된다. 하지만 천마삼경은 모두 하단전에 근간을 둔 상승 무공이기 때문에 큰 문제가 되지 않지."

"두 기운이 서로 싸우지 않을까요? 명교의 무공은 불이 아닙니까?"

"괜찮다. 건곤대나이는 대자연을 담은 것, 대설심법도 이에 속해 자연스럽게 너의 것이 될 것이란다."

"그렇군요."

천하랑은 태하에게 대설심법에 대한 구결을 전수해 주었다.

"대설심법은 신주(身柱), 대추(大椎)를 시작으로 천종(天宗), 비노(臂臑)로 다시 되돌아가는 형국이다. 일반적인 무사가 익히면 기혈이 막혀 죽을 수도 있지. 하지만 천마삼경과 북해신공(北海神功)은 그 맥이 비슷하기 때문에 큰 문제가 없단다."

"예, 사부님."

"이제 이것을 하루에 일천 번씩 외우고 몸에 익히도록 하여라."

"예, 알겠습니다."

태하는 이제 새로운 수련에 들어가기 위해 정신을 집중했다.

*   *   *

서울 로터리호텔 스카이라운지.

"후우!"

인체에 무해하다는 주장과 동시에 담배와 별반 다를 것이 없다고 알려진 증기담배, 즉 전자담배를 입에 문 김태우가 홀로 술을 마시고 있었다.

그런 그에게 한 사내가 다가왔는데, 그는 바로 넙치파의 두목 넙치 박창명이었다.

박창명은 그에게 다가와 깊이 고개를 숙이며 말했다.

"처리했습니다."

"…그깟 계집아이 하나 제대로 간수 못해서 이게 무슨 난리입니까?"

"죄송합니다. 다신 이런 일 없을 겁니다."

"그래요. 그래야지요."

박창명은 자신의 조직 블루문에서 내려온 납치 및 살인, 방화에 대한 지시를 받았고, 그것을 빠짐없이 실행에 옮겼다.

하지만 엉뚱하게도 그의 부하이자 행동대장인 정성식이 마지막으로 죽여 없애야 할 김태린을 놓치면서 일이 꼬여 버렸다.

정성식은 평소 여성 편력이 남달랐던 사람으로, 주로 여자를 겁간하는 데 취미가 있었다.

그날도 그는 어김없이 버릇처럼 김태린을 강간한 후 죽이려 했는데 놀랍게도 그녀는 핸드폰으로 정성식의 오른쪽 눈을 찌른 후 도망쳤다.

결국 박창명은 차로 그녀를 추격하다가 깊은 산골에 있는 기암절벽에서 그녀를 밀어버렸고, 그녀는 천 길 낭떠러지로 떨어져 내렸다.

무려 건물 15층 높이의 낭떠러지에서 떨어져 내렸으니 그녀가 죽었을 가능성은 거의 100%다.

하지만 문제는 그녀의 시신이 발견되지 않으면 행방불명으로 처리되어 장례를 치르기가 불가능하다는 점이었다.

또한 해당 주식이 전부 공중에 붕 뜬 상태가 되어 그가 대한그룹의 주식을 회수하기가 참으로 까다롭게 되는 것이다.

하여 그는 박창명에게 그녀를 대신할 시신을 구하고 그에 맞는 치과 기록까지 전부 갈아치우라고 지시한 것이다.

박창명은 그의 지시에 따라 움직였고, 결국 김태린의 장례식이 곧 치러질 예정이다.

김태우는 그에게 흰색 봉투를 하나 건네며 말했다.

"받으세요. 이 돈이면 한 10년 잠적할 수 있는 자금이 될 겁니다."

"아니요. 이미 돈은 받았습니다. 그러니……"

"받아요. 나는 사람은 믿지 않습니다. 돈을 믿지."

그제야 박창명이 김태우의 돈을 받았다.

"감사합니다. 쥐 죽은 듯이 지내겠습니다."

"그래야지요. 당신은 물론 당신의 식구들까지 전부 외국으로 도주해서 지내세요. 그렇지 않으면……."

"명심하겠습니다."

이윽고 두 사람은 서로 모르는 사람처럼 고개를 돌렸다.

5. 재회

　수련 반년째, 태하는 이제 현명신장과 한성검법을 9성까지
연성할 수 있었다.

　총 12성으로 이뤄진 북해빙궁의 북해신공은 현경의 경지를
넘어야만 극성까지 익힐 수 있었다.

　아직 태하는 화경의 중입에 미쳐 있기 때문에 극성으로 익
히는 것은 불가능했다.

　그러나 지금의 경지만으로도 충분히 초인의 경지에 접어들
었다고 볼 수 있었다.

　천하랑은 이제 슬슬 자신의 진기가 다해감을 느끼고 있었

고, 더 이상은 시일을 지체할 수 없다고 생각했다.

그래서 그는 태하에게 마지막 부탁을 했다.

"태하야, 이제 너는 양가의 무공을 모두 익혔다. 지금 네 상태라면 충분히 이곳에서 살아나갈 수 있을 것이다."

"이 모든 것이 사부님의 은공입니다."

"내가 한 것이라곤 네게 구결을 전수한 것뿐, 모든 것은 천우신조가 있었기 때문이다."

그는 자신의 앞을 가로막고 있는 빙벽을 가리키며 말했다.

"이제 나는 네게 마지막 부탁을 남기고 싶구나. 저 안으로 나를 데려다 준다면 죽어서도 그 은혜를 잊지 않으마."

"그런 말씀 마십시오. 이 못난 제자가 사부님께 드리는 마지막 선물인데 부탁이라니요. 당치도 없습니다."

"후후, 고맙구나."

태하 역시 요즘 들어 급격히 나빠진 천하랑의 안색을 바라보며 시간이 그리 많지 않다는 것을 느끼고 있었다.

그는 북해신공을 이용하여 설화령이 만들어놓은 절대빙벽을 파괴하기로 마음먹었다.

"그럼 지금 이 벽을 허물고 사부님의 원을 풀어드리겠습니다."

"고맙구나."

그는 건곤대나이와 대설심법으로 다져진 내공을 아낌없이

끌어올려 현명신장 제10구결을 출수했다.

"맹설천하(猛雪天下)!"

콰과과과광!

단 일 수에 내공을 전부 다 끌어올려 출수시키는 맹설천하는 일타에 적을 얼리고 그 후 마치 소나기처럼 얼음 파편을 쏟아내는 신묘한 권이다.

아마 아무리 단단한 절대빙벽이라고 해도 태하의 맹설천하 앞에선 그 세를 유지하기 힘들 터였다.

쫘지지지직!

"금이 간다! 이제 그곳에 건곤일식을 작렬시키거라!"

"예, 사부님!"

맹설천하로 절대빙벽에 금을 낸 태하는 건곤일식의 일수를 직선으로 뻗어냈다.

"건곤일식 풍(風)!"

슈가가각, 콰앙!

마치 소용돌이치는 불길처럼 붉은 진기가 휘몰아치며 절대빙벽을 두드렸고, 이내 그 벽이 깨지며 서고의 모습이 그대로 드러났다.

쏴아아아아!

마치 저온 창고의 에어컨 가스처럼 사방에서 싸늘한 기운이 뿜어져 나오고 있는 서고의 풍경, 태하와 천하랑은 그곳을 향해 일보를 내디뎠다.

*　　　　*　　　　*

북해빙궁의 지하서고 초입.

천하랑은 긴장한 표정이 역력했다.

"조심하거라. 한 발만 잘못 내디뎌도 우리 둘 모두 황천으로 갈 수 있으니."

"예, 사부님."

설화령은 북해빙궁에서 대대로 전해져 내려오는 설해진법(雪海陣法)과 천하극설진(天下極雪陣)의 최고 권위자였다.

그녀는 어려서부터 무공과 진법(陣法)에 뛰어난 재능을 보였는데, 특히나 대지가 가진 기의 흐름으로 만드는 진법에는 천재 수준의 성취를 이루었다.

진법이란 땅 위에 흐르는 진기를 임의대로 조작하여 무공을 전개하는 반고정식 장치를 이르는 말이다.

이 진법은 땅 위에 내력을 가진 돌덩이를 일정한 양식대로 배열하여 무공을 만들어내는데, 북해빙궁은 진법에 있어서 최고의 집단이었다.

인체를 연구하여 무공을 증진시키는 데 집중한 여타 문파들은 진법의 성취가 높지 못했지만 생존을 위해 극한을 연구

한 북해빙궁에겐 최고의 무공이 되었다.

그들은 땅 위에 흐르는 진기를 마치 기혈도처럼 체계적으로 정리하여 어떤 배열이 최고의 효율을 내는지 연구하였다.

그리하여 설화령 대에서는 그 꽃을 피웠고, 설화령은 그 진법으로 못하는 일이 없는 최고의 진법사였다.

천하랑은 그녀의 진법이 갖는 고강함을 과거의 기억을 통해서 재현해 냈다.

"강호에선 그녀를 냉혹한 마녀, 또는 연금술사라고 불렀단다."

"연금술사……."

"정말이지, 그녀는 진법으로 못하는 것이 없는 사람이었어. 크기 여덟 자 정도의 진법으로 오백의 무사를 몰살시킨 것은 강호 최고의 전설로 남았지."

그는 한번 시작된 아내 자랑을 마치 팔불출처럼 대놓고 늘어놓았다.

"사람들은 그녀를 사술의 대가라고 욕하면서도 한편으론 존경해 마지않았어. 새로운 분야의 고수가 등장했음을 시기하는 동시에 동경의 대상으로 여긴 것이지. 거기에 빼어난 외모까지 겸했으니 뭇 남성들이 아주 정신을 차릴 수가 없었지."

태하는 상념에 젖어 있는 천하랑을 바라보며 실소를 흘렸다.

"훗, 사부님은 애처가이시군요."

"내, 내가? 그럴 리가. 아내 자랑 좀 한다고 다 애처가인가?"

"애처가이니 그렇게 자랑을 늘어놓을 수 있는 겁니다. 그리고 아까부터 사부님의 입이 계속 벌어져 있다는 것은 알고 계신지요?"

"크, 크흠! 내가 그랬던가?"

"예, 아주 많이요."

"험험, 그랬군. 미안하이."

"아닙니다. 사랑이 죄는 아니지 않습니까?"

600년 전의 사랑을 아직까지 가슴에 담고 있다니, 두 사람의 로맨스는 아마도 영원할 것이다.

태하와 천하랑은 과거를 회상하며 그녀의 진법을 정통으로 통과하고 있었는데 10분이 지나도록 아무런 이상이 없었다.

그러자 태하는 고개를 갸웃거린다.

"아무런 이상도 없습니다만?"

"흠, 뭔가 좀 이상한데? 그녀가 짠 진법이라고 하기엔 허전하기 짝이 없어."

천하랑이 살며시 눈살을 찌푸리는 바로 그때였다.

스스스스스스!

"어, 어어……?"

"안개?!"

사방에서 갑자기 백색 연기가 피어오르더니 이내 동굴을 가득 메운 연무로 탈바꿈하였다.

그리고 잠시 후엔 가벼워 보이던 연무가 점점 짙어져 한 치 앞을 가늠할 수 없는 농무로 변했다.

"태하야, 조심하거라! 이 안에서 무슨 일이 일어날지 아무도 알 수 없다!"

"예, 사부님!"

그는 드디어 호랑이 굴에 제대로 발을 들여놓았다는 것을 깨달았다.

저벅저벅!

오로지 두 사람의 발자국 소리만 가득한 동굴, 이제는 후각과 청각에 의존할 수밖에 없었다.

태하가 깜깜한 농무 속을 걸어가려 발을 한 걸음 떼는 순간, 그의 옆구리로 오십여 개의 창이 날아왔다.

핑핑핑!

"허, 허억!"

재빨리 몸을 돌려 태하는 겨우 창을 피했다.

"휴우! 죽을 뻔했군."

하지만 그것은 착각일 뿐, 그를 향해 그 수를 헤아릴 수 없을 정도로 많은 양의 바늘이 쏟아져 왔다.

촤라라라라락!

"젠장!"

도저히 피할 수 없다고 판단한 태하는 훈련용 검을 뽑아 들었다.

"천검살막(天劍殺膜)!"

팅팅팅팅!

천마삼경 중 가장 견고한 검막인 천검살막은 태하에게 쏟아져 들어오는 바늘을 모두 무력화시켰다.

그러자 검이 녹아내려 그 형체를 알아볼 수 없게 되었다.

"독?"

빙하가 녹아버릴 정도로 지독한 맹독이라니, 일반인이었다면 온몸이 흐물흐물해져 죽고 말았을 것이다.

태하는 즉시 천하랑 쪽을 바라보았다.

"…사부님, 괜찮으십니까?"

"그래, 괜찮다."

천하랑은 태하에게 진법의 파훼법을 전해주었다.

"진법은 무릇 진을 발동시키는 진석(陣石)이 뒷받침되게 마련이다. 그것을 찾아서 없애야 해."

"하지만 지금 이 상황에서 어떻게 그것을 찾습니까?"

"진법이 발동될 때 정신을 집중시키면 반드시 이 중에서 유난히도 기의 흐름이 강력하게 느껴지는 곳이 있을 것이다. 그것을 파괴하면 된다."

"예, 알겠습니다."

과연 지금의 태하가 이 공격을 막아내는 동시에 진석을 찾아낼 수 있을지는 미지수다.

하지만 그것은 살기 위한 방법이기도 하니 그는 집중하지 않을 수 없었다.

'죽기 아니면 까무러치기다!'

그는 일부러 보법도 밟지 않은 채 전방을 향해 전력질주를 시도했다.

"으아아아아압!"

그러자 그의 몸으로 별의별 무기와 암기가 쏟아져 내렸다.

핑핑핑!

분명 저것들에는 독이 묻어 있을 터, 태하는 긴장감을 늦출 수가 없었다.

하지만 그러면서도 그는 오로지 한 점을 찾아내기 위해 정신을 집중했다.

'집중해야 한다, 집중!'

그는 검법이 아닌 권법으로 암기들을 쳐내며 정신을 집중했다.

"건곤대신장(乾坤大神掌)!"

파앙!

기혈에 모여 있는 내력을 응축시켜 폭발시키는 건곤대신장은 훌륭한 호신강기이면서도 공격 기술이 된다.

촤라라라락!

한 차례 태하의 건곤대신장에 맞아 동굴 벽으로 날려가 힘없이 떨어져 내린 암기들은 어김없이 독으로 벽을 녹였다.

바로 그때, 태하의 뇌리에 아주 희미하게 유난히도 빛나는 동그란 암석이 느껴졌다.

"찾았다!"

당장 그는 진석을 향해 출수했다.

"나한천수!"

신의 손인 나한의 일수가 꽂히자 진석은 그 힘을 잃고 한번에 쪼개져 버렸다.

좌좌좌촥!

"서, 성공인가?"

하지만 그녀의 진법은 이렇게 허무하게 끝을 내릴 정도로 허술하지 않았다.

끼기기긱, 콰앙!

"크헉!"

동굴 전체를 움직이던 진석이 깨지면서 그 안에 들어 있던 진기가 폭발을 일으켜 태하를 덮쳐왔다.

그러나 천하랑은 그것을 미리 알고 있었다는 듯 손을 써 태하와 자신을 폭발 밖으로 밀어냈다.

툭툭, 퍼억!

"크윽!"

"괜찮으냐?!"

"예, 사부님!"

"…역시 괜히 냉혹의 마녀가 아니군."

"그러게 말입니다."

무사히 위기를 넘긴 태하, 바로 그때였다.

두근두근!

"허, 허억!"

"왜 그러느냐?!"

"시, 심장이……!"

쓰러질 정도로 심각한 어지러움이 찾아온 태하를 바라보며 천하랑은 알 수 없는 미소를 지었다.

"일단 이곳에 가부좌를 틀고 앉아라. 그리고 건곤대나이를 연성하거라. 그러면 다시 평온이 찾아올 것이다."

"예."

그는 가까스로 앉아 건곤대나이의 심결을 연성했다.

*   *   *

건곤대나이에 빠져 집중한 지 수 일, 태하는 무거운 눈꺼풀을 들어 올렸다.

"으음……."

무공을 연성하다 잠에 빠지다니 도저히 있을 수 없는 일이 벌어졌다. 하지만 어쩐지 그는 자신의 몸이 지나치다 싶을 정도로 가볍게 느껴졌다.

"어라?"

자리에서 일어선 태하는 기혈을 점검해 보곤 화들짝 놀랐다.

혈맥이 족히 두 배는 커져 있고, 삼단전이 모두 비약적으로 팽창해 있다.

또한 일부 몸속에 남아 있던 노폐물이 전부 빠져나가 피부의 겉면에 끈적끈적한 점액 같은 것을 형성하고 있었다.

머리카락은 모두 빠져 다시 비단같이 부드러운 직모가 자라나 있고, 얼굴에는 윤기가 가득했다.

이것은 마치 뱀이 허물을 벗은 것 같은 형국이다.

"이것은……."

"환골탈태란다. 드디어 네가 진정한 화경의 고수가 된 것 같구나."

인간은 60년에 한 번 12간지가 되돌아와 환갑을 맞는데, 일반적으로는 신체능력이 전부 다 쇠하여 황혼에 접어든다고 할 수 있다.

하지만 무공의 고수들은 그동안 쌓아온 내공으로 인하여 한 차례 탈피가 진행되는데, 이때는 근골과 모발, 표피가 전부 새롭게 자리 잡게 된다.

또한 혈맥과 단전이 팽창하여 무공이 또다시 새로운 국면에 접어들게 된다.

지금까지 태하는 내공만 가득하고 깨달음이 없는, 그러니까 경험이 없는 반쪽짜리 고수에 불과했다.

그러나 저번 일수를 겪고 난 후 일련의 깨달음을 얻어 신체가 스스로 탈피를 시작한 것이다.

이제 태하는 내공 스스로 몸을 보호하는 반탄지기체(反彈之氣體)가 되었으며, 더위와 추위는 물론이요 맹독과 질병이 침입할 수 없는 만독불침(萬毒不侵)의 몸이 되었다.

또한 이로써 현경으로 들어갈 수 있는 급행열차를 탔다고 할 수 있으니 무인 태하로선 경사라고 할 수 있었다.

"감사합니다! 이것은 모두 사부님 덕분입니다!"

"하하, 별말을. 이제부터는 더욱 정진하여 훌륭한 무인이 되거라."

"예, 사부님!"

천하랑이 이룬 경지는 현경과 자연경의 중간으로 그는 무공의 천재였지만 인간의 한계는 뛰어넘지 못했다.

그는 자신을 대신해 태하가 스스로 초인의 경지를 뛰어넘어 무신에 이르기를 바라고 있었다.

'말년에 얻은 운, 그 끝이 화려하게 피었으면 좋겠구나.'

태하를 바라보는 천하랑의 눈동자에 희기가 가득했다.

*   *   *

북해빙궁 지하서고 2층.

태하와 천하랑은 벌써 나흘째 도무지 과학적으론 설명할 수 없는 풍경과 마주하고 있었다.

우르르릉, 콰앙!

"동굴에 천둥번개가 치다니, 이것 참……."

"말하지 않았더냐? 그녀는 진법에 있어서 권위자였다고."

도대체 진법이라는 것의 한계가 어디까지이기에 동굴 천장에서부터 천둥번개가 칠 수 있는지 이해할 수 없는 태하였다.

휘이이이잉!

그런데 더 이해를 할 수 없는 것은 천둥번개를 따라서 사나운 눈보라가 몰아치고 있다는 것이다.

확실히 이곳은 인간의 상식으론 도무지 이해를 할 수 없는 곳이 틀림없었다.

"이제 이곳에 산사태나 눈사태가 일어나도 전혀 이상할 것이 없을 것 같습니다."

"그러게 말이야."

태하의 말을 가만히 들어주고 있던 천하랑은 이내 고개를 갸웃거렸다.

"그런데 태하야, 뭔가 좀 이상하구나."

"어떤 점이 말씀이십니까?"

"진법이라면 무릇 시작점이 있어야 하는데 이곳은 그런 것이 없구나."

"흐음……."

두 사람이 기이 현상을 일으키고 있는 진법에 대해 얘기하고 있는 바로 그때였다.

쿠그그그그그극!

"지, 지진?"

"아, 아니다. 이것은… 산사태다!"

"사, 산사태라니?"

말이 씨가 된다고 했던가?

태하가 우스갯소리처럼 한 말인데 멀쩡하던 지하 동굴에 진짜 진동이 일어나더니 이내 흙이 마치 파도처럼 밀려들기 시작했다.

두 사람은 재빨리 강기를 펼쳐 산사태로부터 몸을 보호하는 한편, 태영보를 밟으며 중심을 잡았다.

파바바밧!

"…정말 대단한 분이군요. 이런 동굴에서 산사태까지 만들어낼 정도라면 말입니다."

"아마도 죽기 전에 최선을 다한 것이겠지."

과연 설화령이라는 사람이 어떤 사람인지는 몰라도 정말 인물대백과사전에 오를 만한 인물이라고 태하는 생각했다.

그렇게 가까스로 산사태를 뚫고 나니 이제는 천장에서 눈사태가 일어나기 시작했다.

쿠크크, 콰아아앙!

"어서 달리거라! 저 눈사태에 깔리게 되면 화경의 경지고 뭐고 한 방에 세상을 하직하고 만다!"

"예, 사부님!"

태하와 천하랑은 눈사태의 마지막을 볼 때까지 미친 듯이 천마진영보를 밟았다.

*   *   *

북해빙궁 지하서고 3층.

태하와 천하랑은 하루에 한 층씩 아래로 내려가는 형국이다.

하지만 말이 한 층이지 한 층 한 층 내려갈 때마다 정신이 피폐해지는 것을 느끼는 태하였다.

"…그나저나 사부님, 이곳은 총 몇 층으로 되어 있습니까?"

"내가 장가들었을 때만 해도 대략 15층이었으니 2할은 온 셈이구나."

"15층이라……."

지하 15층을 파내려 갈 수 있는 기술은 현대에서도 상당히 까다로운 일이다.

그럼에도 불구하고 650년 전 북해인들은 이곳에 지하서고를 세웠다.

태하는 도대체 이 북해빙궁이라는 곳이 과거 어떤 곳이었는지 도저히 감을 잡을 수가 없었다.

두런두런 얘기를 나누며 계속해 아래로 내려가던 두 사람, 이제는 기암빙석이 곳곳에 자리 잡은 수정 동굴에 도착했다.

천하랑은 이곳의 수정을 손가락으로 가볍게 두드리며 말했다.

"장인께서 말씀하시길, 이곳의 지하에는 최상급 금강석(金剛石)들이 자리 잡고 있다고 했다."

"금강석이라면……."

그는 자신의 목에 걸려 있는 펜던트를 꺼내어 태하 앞으로 내밀었다.

"이를테면 이런 것 말이다."

"이, 이것은……?!"

무려 사람의 엄지손가락만 한 최상급 다이아몬드이다. 천하
랑은 그것을 아무렇지 않게 생각하는 모양이다.

"이, 이런 것이 지하에 잔뜩 매장되어 있다고요?!"

"그렇다고 하더군. 북해표국은 서양에서도 꽤나 활발하게
활동하고 있었는데, 그 이유가 바로 이곳에서 나는 금강석 때
문이었지. 모르긴 몰라도 표국이 서역에 팔아먹은 금강석을
다 합치면 명나라를 세우고도 남았을 거야."

"그래서 이런 세력을 구축할 수 있던 것이군요."

이 세상의 어떤 세력이라도 그 근간이 되는 것이 몇 가지
있게 마련이다.

북해빙궁은 다이아몬드를 유통시켜 당금 최고의 부호로 떠
올랐던 것이다.

어쩌면 명의 주원장이 북해빙궁을 탄압하려 파병한 것은
숙청을 가장한 자금줄 확보였을지도 모른다.

과거의 얘기로 또다시 이야기꽃을 피우던 두 사람은 이내
다시 발걸음을 옮겼다.

하지만 바로 그때였다.

쿠그그그그!

"지, 지진?"

"조심해라! 이번엔 또 무엇이 나올지 몰라!"

워낙 말도 안 될 정도로 신묘한 기술이 난무하는 이곳인지

라 이제 무엇이 튀어나와도 이상할 것이 없을 지경이다.

긴장감 가득한 눈으로 전방을 바라보던 태하, 이제 지진은 조금 더 분명해져 태하에게로 그 기운이 뻗어오고 있었다.

"지, 지진이 움직여?!"

"조심해라!"

이윽고 태하에게 뻗어오던 지진은 지척으로 다가왔고, 태하는 천마진영보를 밟아 몸을 앞으로 쭉 밀어냈다.

그러자 그에게로 뭔가 빠르고 묵직한 것이 쇄도해 들어왔다.

부웅!

"허, 허엇!"

순간 묵직한 뭔가에 맞아 내상을 입을 뻔한 태하는 즉시 건곤일식의 일수를 출수했다.

"건곤일식 섬(閃)!"

촤라라락!

건곤일식 제6장의 구결 중 하나인 '섬'이 발동하면서 두 사람을 덮쳐오던 기운과 태하는 정면으로 맞닥뜨리게 되었다.

까앙!

'묵직하다!'

태하는 가끔 천하랑과 일수를 섞기도 했는데, 실전 감각을 몸에 익혀 외공을 증진시키기 위함이었다.

평소 천하랑의 무공은 묵직하고 강력했으며, 그 일수에 손이 저릿저릿할 정도였다.

하지만 지금 그가 받아낸 이 기운은 천하랑과 비슷하거나 조금 더 강하게 느껴졌다.

가까스로 일수를 막아낸 태하가 천하랑과 함께 뒤로 물러서자 어깨의 힘이 쭉 빠졌다.

'화경의 중입? 아니지. 현경의 초입인가?'

화경을 넘어서면서부터는 그 경지의 한계마다 차이가 너무나 극명하게 나기 때문에 화경과 현경은 하늘과 땅 차이라고 할 수 있었다.

그러니까 지금 태하가 이 의문의 인물을 상대하기란 무척이나 버거울 것이라는 소리다.

"도대체 이번에는 무엇이기에……."

잠시 후, 태하의 눈앞에 그들의 실체가 드러났다.

―크르르르릉!

"거인?!"

태하를 공격한 것은 몸통이 전부 얼음으로 만들어진 거인이었는데, 그 크기가 무려 20미터는 족히 될 것 같았다.

하지만 그럼에도 불구하고 그런 엄청난 속도를 내다니 도저히 믿을 수가 없는 태하다.

그가 어깨가 저릿할 정도로 강격한 공격을 갈무리하기도 전에 얼음거인은 거침없이 다시 한 번 공격해 왔다.

파바바바밧!

'빠르다!'

그는 태영보를 밟아 몸을 뒤로 서너 족장 뺀 후 그대로 진기를 끌어올렸다.

이렇게 움직임이 빨라선 단수로 결판을 지을 수 없을 테니 장기적으로 판을 보기로 한 것이다.

하지만 얼음거인의 주먹은 단수건 장수건 한 치 앞을 바라볼 수 없을 정도로 강력했다.

부웅, 퍼억!

"크헉!"

태영보로 거리를 벌렸다고 생각한 태하는 이내 얼음거인의 허수에 속아 가슴팍을 내어주고 말았다.

흉곽을 한 대 얻어맞은 태하는 일순간에 빙벽에 몸이 쑤셔 박히는 형국이 되었다.

콰앙!

"쿨럭쿨럭!"

한 차례 각혈을 뿜어내는 태하에게 거인의 쇄도는 자비를 베풀지 않고 이어졌다.

슈가가각!

이번에는 차가운 냉풍이 몰아치는 각법이 날아들었는데,

그 날카로움이 가히 보검과 같았다.

만약 이대로 각법에 몸통을 맞는다면 즉시 내장을 쏟아내며 죽을지도 몰랐다.

바로 그때, 천하랑이 거인의 옆구리에 권풍을 날렸다.

"마권장!"

콰앙!

천마삼경 중 가장 높은 공력을 요하는 마권장은 일격에 주변을 혈수로 물들일 수 있다.

하지만 쇠한 공력 때문에 위력이 1할에도 못 미치는 천하랑의 마권장이다.

하나 그 1할의 공력에도 불구하고 거인의 몸이 저만치 나가 떨어졌다.

쿠그그그그그!

─크허어어어엉!

회심의 일격으로 적을 멀리 날려 버린 천하랑이었으나 그 속은 아주 진탕이 되어버렸다.

"우웨엑!"

"사부님!"

"…괘, 괜찮다! 어차피 죽을 몸, 너를 살리는 일격에 모든 것을 거는 것이 나아."

"하, 하지만……."

"어서 그곳에서 나와 공력을 갈무리하거라! 저놈은 다시 일어나 금세 우리를 공격할 거다!"

"예, 알겠습니다!"

빙벽에 쑤셔 박힌 것과 반대로 몸을 튕겨 자리에서 일어선 태하는 지금 이 순간 자신이 승리할 수 있는 방법이 없을까 생각해 보았다.

'너무나 강하다. 사부님이 이 정도로 곤욕을 치를 정도라면 나는 결코 이길 수 없다. 하지만……'

바로 그때, 얼음거인은 다시 몸을 벌떡 일으키더니 이내 코로 백색 김을 내뿜었다.

치익, 치익!

─쿠오오오오오!

분명 놈은 열이 머리끝까지 올랐을 것이고, 그 분노는 태하를 죽음으로 내몰 것이다.

그렇다면 방법은 단 하나, 도박에 수를 걸어보는 것뿐이다.

'반탄지기다!'

반탄지기(反彈之氣), 자신이 받은 공력을 그대로 돌려주는 무공을 이르는 말이다.

정파무림에서 전해져 내려오는 무공 중 반탄지기와 비슷한 개념을 가진 무공이 있다.

그것은 바로 태극권으로 음양오행에 기반을 두어 느리면서도 부드러운 것이 특징이다.

이 태극권이야말로 반격에 근간을 둔 가장 대표적인 무공이라고 할 수 있었다.

화산의 태극권이 반격의 무공이라면, 건곤대나이는 기만의 심법이다.

건곤대나이는 적이 내뿜는 공력의 흐름을 바꾸어 되돌리는 반탄지기가 거의 절반인 무공이다.

하지만 과연 지금의 태하가 반탄지기를 제대로 적중시킬 수 있을지는 미지수였다.

"젠장, 덤벼라! 까짓것, 죽기밖에 더하겠냐?!"

ㅡ쿠오오오오오!

얼음거인은 한층 더 빠르고 강력한 주먹을 휘둘렀고, 태하는 그 즉시 기혈을 중단전으로 집중시켰다.

"건곤대나이 역!"

부웅, 퍼억!

순간, 얼음거인과 태하의 사이에 반원의 붉은 구체가 생기더니 이내 엄청난 탄기를 발생시켰다.

콰앙!

"크아아악!"

"태하야!"

입가에 피를 머금은 태하는 탄기에 의해 저만치 나가 떨어져 버렸고, 얼음거인은 여전히 그 자리에 굳건히 다리를 붙이고 서 있다.

"쿨럭쿨럭!"

"…도박에서 진 것 같구나."

"별수 없지요."

—크르르르릉!

태하가 이제 정말 죽었구나 하고 생각하는 바로 그때였다.

끼기기긱, 쿠구구구국!

굳건히 서 있던 얼음거인의 몸에 서서히 금이 가기 시작하더니 이내 그 몸이 사방으로 퍼지면서 파편으로 변해 버렸다.

"이, 이겼다."

"하하, 장하구나! 화경의 초입이나 될 법한 공력으로 저런 괴물을 이겨내다니 정말 장해!"

"아, 아닙니다. 운이 좋았을 뿐입니다."

누운 채로 천하랑을 바라보던 태하가 물었다.

"그런데 사부님, 사모님께선……?"

그는 씁쓸하게 웃으며 말했다.

"글쎄다. 아직 어디쯤에 있는지 알 수가 없구나."

"아아……."

"쉽지 않은 일이라고 말하지 않았더냐? 지금 포기하려거든……."

태하는 힘이 쭉 빠진 천하랑의 어투에 당장 바닥에서 튕겨져 나오듯 몸을 일으켰다.

팟!

"가시죠. 저는 괜찮습니다."

"…고맙구나, 정말."

"별말씀을요."

두 사람은 계속해서 서고 안쪽으로 걸음을 옮겼다.

6. 재가, 출가

천하랑과 태하는 이제 지하 7층에 이르러 있었는데, 두 사람의 몰골은 정말이지 상거지라도 한 수 접어줄 정도로 추레했다.

같이 상거지 꼴이 되어가는 태하를 바라보며 천하랑이 씁쓸하게 웃으며 말했다.

"…이제 반 왔구나."

"15층에 가기도 전에 죽을 것 같습니다. 정말 끝이 있기는 있는 것이지요?"

"물론이다. 내가 말하지 않았더냐? 모든 일에 시작이 있다면 그 끝도 있는 법이다."

"듣던 중 반가운 소리군요."

두 사람이 지금까지 거쳐 온 곳을 되돌아보면 감히 범인은 발도 못 들일 정도로 치열했다.

마른하늘에 벼락이 쳐 사람을 공격하는가 하면, 동굴 벽이 모두 뱀으로 변해서 두 사람을 공격하기도 했다.

태하는 자신이 지금까지 살아남았다는 것만으로도 기적이라는 것을 절감했다.

하지만 중요한 것은 태하가 이곳의 한 층 한 층을 내려갈 때마다 무공에 대한 성취가 서서히 늘어간다는 것이다.

아마도 태하가 이곳의 끝에 도달했을 쯤엔 현경의 초입에 접어들 수 있을지도 몰랐다.

하나 그 길은 역시 너무나 험하고 힘겨울 것으로 보였다.

휘이이이잉!

"사부님!"

"그래, 나도 느꼈다."

어디선가 불어오는 스산한 바람, 태하는 과연 이것이 살아 있는 생명들이 사는 이승의 것인지에 대한 의문이 들었다.

그 정도로 이 바람은 짙은 사기를 머금고 있었다.

"마치 하북팽가의 사술처럼 죽은 자의 숨결이 묻어나는구나. 조심하거라. 사술은 무공이 고강하다고 해서 쉽사리 이겨낼 수 있는 것이 아니야."

스산한 바람을 따라 모여드는 죽은 자의 기운, 태하는 이번이 진짜 최대의 고비라는 것을 직감적으로 느꼈다.

'잘하면 넘지 못할 산이 될 수도 있겠군!'

온몸에 털이 모두 곤두서고 모골이 송연해지는 싸늘함, 태하는 자신도 모르게 온몸에 힘을 잔뜩 주었다.

바로 그때, 그의 발목 주위에서 뭔가 차가운 기운이 불쑥 튀어나왔다.

―크하아아앗!

"허, 허억!"

시퍼런 손이 땅을 뚫고 나와 태하의 발목을 잡더니 이내 수많은 손이 그를 속박하려 들었다.

태하는 식겁하여 손을 뿌리친 후 곧바로 건곤일식을 출수했다.

"건곤일식 일천(一天)!"

전광석화 같은 일천의 한수가 뻗어 나와 태하를 붙잡는 손을 잘라냈고, 그는 곧장 천마진영보를 밟아 수백 개의 손이 꿈틀거리는 수의 밭에서 한 족장 물러났다.

팟!

"등골이 오싹하군."

그를 붙잡은 손은 지금도 늘어나고 있으며, 이젠 더 이상

발을 디딜 틈도 남아 있지 않았다.

태하는 재빨리 벽면을 타고 단숨에 동굴 천장으로 올라갔다. 그리곤 고개를 돌려 이 죽음의 기운을 퍼뜨리고 있는 곳을 찾아내기 시작했다.

'분명 어딘가에 있을 텐데……'

진법을 깨뜨릴 수 있는 것은 사람의 눈, 하지만 눈으론 그것을 도저히 찾을 수가 없었다.

이에 태하는 조용히 눈을 감았다.

"후우!"

그는 천마삼경에서 말하던 득검(得劍)의 경지, 즉 심안을 향해 한 발자국 내밀기로 했다.

지금까지 수많은 고비를 넘긴 태하지만 이대로는 도저히 답을 찾을 수 없어 내적인 곳으로 눈을 돌리기로 한 것이다.

천마는 눈으로 보이는 것을 돌파하면 인간이 오감으로 느낄 수 없는 것들이 발달한다고 했다.

또한 시각을 포기하고도 사물을 극명히 판단하고 일격에 벨 수 있는 오감도 자연히 찾아올 것이라고 가르쳤다.

말인즉슨 인간은 오감을 포기했을 때 조금 더 높은 경지로 나아갈 수 있다는 뜻이다.

쉬이이이이익!

오감을 포기한 채 공중을 부유하던 태하에게 낯선 기운이 쇄도해 들어왔고, 그는 정확하게 그것에 권법을 적중시켰다.

"건곤일식 태!"

콰앙!

태하의 손에 맞은 차가운 기운은 그대로 소멸되었고, 그는 눈을 감은 채 계속해 정신을 집중했다.

'그래, 이거다!'

눈을 감으니 자신이 미처 알지 못한 것이 보이기 시작했다.

동굴 내부를 돌아다니고 있는 공기의 흐름, 미세한 바람, 먼지의 움직임까지 인간이 도저히 볼 수 없는 것들이 느껴졌다.

그러자 그의 오감이 다시 형성되면서 감각이 극대화되었다.

감각이 극대화되면서 눈을 감은 그의 뇌리에 이 세상이 마치 입체 영상처럼 아주 상세히 그려졌다.

"보인다!"

심안을 터득한 태하는 사기를 뿜어내고 있는 진석을 찾아 돌진했고, 그대로 일수를 뻗었다.

"허업!"

콰앙!

태하는 건곤일식의 마권장을 뻗어냈고, 그것은 진석을 단 일격에 산산조각 내버렸다.

찌지직, 퍼엉!

그러자 주변을 가득 채우고 있던 사기가 모두 일갈되면서 주변에 다시 평화가 찾아왔다.

"태하야, 심안을 터득한 것이냐?"

"그저 오감을 극대화시키는 방법을 터득했을 뿐입니다."

"하하, 그래, 그것이 바로 심안이니라!"

한 발자국 더 성장한 태하, 천하랑은 그런 태하가 무척이나 자랑스러웠다.

"장하구나! 네가 650년만 일찍 태어났더라면……."

"인연이 어떻게 항상 정확하게 맞아떨어지겠습니까? 지금이라도 만난 것이 다행이지요."

"그래, 그렇구나. 이번엔 내가 너에게 한 수 배웠구나. 하하하!"

그는 오래도록 태하를 바라보며 호탕하게 웃었다.

*　　　*　　　*

북해빙궁 지하서고 15층.

드디어 태하와 천하랑은 한빙검과 설화령이 잠들어 있는 곳에 닿을 수 있었다.

그그그그그그!

설화령은 연푸른빛을 뿜어내고 있는 얇은 막에 둘러싸여 있었는데, 그녀는 지하서고를 아주 거대한 진으로 만들고 스스로 진석이 되어버린 것 같았다.

그런 그녀에게 진기를 보내고 있는 것은 한빙검. 아마도 한빙검을 바닥에서 뽑아내면 진법은 그 효력을 잃을 터이다.

"검을 뽑아낸다면……."

"아마도 그녀는 생명을 잃고 말겠지."

태하는 눈을 들어 아직까지 천상계의 선녀 같은 자태를 간직하고 있는 설화령을 바라보았다.

'과연 천하일색이구나. 사부님께서 반할 만한 사람이야.'

검푸른 머리카락과 백옥 같은 피부, 눈동자에서 은은하게 흘러나오고 있는 푸른빛은 그녀를 마치 여신처럼 보이도록 해주었다.

경국지색, 천하제일미는 아마도 그녀를 위한 수식어인 듯했다.

하지만 천하랑이 언제나처럼 강조하는 것, 사람이 온 곳이 있으면 반드시 가야 할 곳도 있는 법이다.

천하랑은 그런 운명조차 덤덤히 받아들일 준비가 된 것 같았다.

"태하야, 이제 슬슬 검을 거둘 차례가 된 것 같구나."

"괜찮으시겠습니까?"

"우리는 사람이다. 온 곳이 있으면 갈 자리도 있는 법이라 하지 않았느냐. 괘념치 말거라."

그는 태하에게 자신의 목걸이를 벗어 건넸다.

"이건 명교의 소교주인 나를 상징하는 목걸이란다. 앞으로도 명교의 제자로서 자신을 잊지 말아다오."

"명심하겠습니다."

이윽고 그는 그녀의 곁에 있는 한빙검으로 손을 뻗었다.

'차갑군.'

태하는 극한의 냉기를 머금은 한빙검을 거침없이 뽑아 들었다.

스르르릉!

그러자 태하의 몸속으로 극한의 냉기가 스며들며 중단전을 빠르게 파고들기 시작했다.

슈가가가가각!

"크, 크흑!"

일순간에 모든 것을 얼려 버리는 한빙검의 냉기는 화경에 이른 태하라고 해도 감히 범접할 수 없을 정도로 지독했다.

만약 이대로 계속해 검을 붙잡는다면 분명 태하는 얼음이 되어 산산이 부서져 내릴 것이다.

천하랑은 태하에게 한빙검을 다룰 수 있는 방법에 대해 전수해 주었다.

"잘 듣거라. 한빙검은 영물이다. 자신과 반대되는 기운을 가진 사람에겐 반탄지기처럼 냉기를 쏘아 보낸다. 하지만 그것을 한백신장의 중단전에 갈무리하다 보면 자연스럽게 네게 녹아들게 될 것이다. 정신일도 하사불성, 집중은 못 이룰 것이 없는 최고의 수단이란다."

태하는 천하랑의 말대로 한빙검이 표독스럽게 쏘아대고 있는 냉기를 중단전으로 흡수시켰고, 그 기운은 단전이 터질 것처럼 차오르기 시작했다.

슈가가가각!

"후우!"

서서히 그 기운을 갈무리해 나가던 태하는 일순간 자신의 몸이 터질 것 같은 착각에 빠져들었다.

쿠그그그극!

"크헉!"

"중단전에 과부하가 걸린 것이다! 다른 곳으로 기혈을 옮겨!"

"하지만 도대체 어디로……!"

"심장, 심장이다!"

그는 태하에게 심장으로 냉기를 옮기도록 혈 자리를 알려주었다.

"기문, 혹중을 시작으로 곧장 중심축으로 이동시켰다가 다시 기사, 회개, 견우, 천돌로 돌아 중부에 이른다! 이것을 명심하고 혈을 운행시키거라!"

"예, 사부님!"

태하는 얼음장처럼 차가워진 자신의 혈맥들을 가늠해 보더니 이내 입술을 짓깨물었다.

'어차피 진즉 죽었어야 할 운명이다! 지금 죽는다고 해도 여한은 없다!'

그가 살기를 포기하고 심장으로 냉기를 흘려보냈을 즈음 놀라운 일이 벌어졌다.

두근두근!

'이, 이것은… 단전?!'

놀랍게도 그의 심장에 또 하나의 단전이 형성되더니 이내 냉기를 미친 듯이 빨아 마시기 시작했다.

슈가가가가가각!

이윽고 눈을 뜬 태하, 그의 눈동자가 청백색으로 변해 있다.

이것은 그의 몸이 냉기를 온전히 다룰 수 있는 체질, 즉 극냉지하체(極冷之瑕體)로 변했다는 것을 반증하는 것이다.

"됐다! 드디어 네가 한빙검을 손에 넣게 되었구나!"

태하가 거침없이 땅에서 한빙검을 뽑아내자 검신이 영롱한 푸른빛을 뿜어냈다.

사르르릉!

"이것이 바로……!"

북해빙궁의 영물이며 강호 최강의 명검이던 한빙검은 이제 온전히 태하에게 귀하여 그 빛을 발하게 되었다.

"잘했다! 정말 잘했어!"

"모두가 사부님의 은공입니다. 그렇지 않았다면 저는 벌써 죽어 없어졌겠지요."

천하랑은 하늘을 향해 포권을 취했다.

척!

"내가 말년에 이런 복을 얻다니, 천운이로세! 감사합니다, 하늘이시여!"

"사부님도 참……."

이제 그는 덤덤해진 눈빛으로 구슬 속에 갇힌 그녀를 바라보며 말했다.

"이젠 정말로 너와 내가 헤어져야 할 시간이 다가왔구나."

"준비되셨습니까?"

"물론."

"그럼……."

천하랑이 고개를 끄덕이자 태하는 한빙검으로 그녀를 감싸고 있는 얇은 막을 살며시 벗겨냈다.

그러자 설화령의 몸이 은색으로 빛나더니 이내 뜨거운 증기를 내뿜기 시작했다.

슈하아아아아악!

잠시 후, 수증기가 모두 빠져나갈 때쯤 그녀가 눈을 떴다.

"낭군님……?"

"깨어나셨구려, 부인."

안색이 창백한 그녀, 하지만 여전히 그 미모는 빛을 잃지 않고 있었다.

온몸이 축축하게 젖은 그녀는 본능적으로 한빙검의 소재부터 물었다.

"…한빙검은……?"

"나의 제자가 그 명맥을 이어나가기로 했소. 걱정하지 마시오."

"아아!"

잠에서 깨어난 그녀는 태하를 바라보며 미소를 지었다.

"이곳까지 직접 내려왔다면… 분명 현경에 이르렀겠군요."

"현경이라면 아직 갈 길이 멉니다, 사모님."

그녀는 고개를 가로저었다.

"제가 짠 진법은 목숨을 걸고 완성시킨 겁니다. 아마 현경의 경지에 도달하지 않았다면 뚫고 올 수 없었겠지요. 당신은 이미 현경의 경지에 올랐습니다. 다만 그것을 깨닫지 못했을 뿐."

"그런 일이……!"

이윽고 그녀는 얼마나 긴 세월이 흘렀는지 가늠해 보았다.

"제가 잠에 빠지고 몇 해가 흘렀지요?"

"육백오십 해가 넘게 흘렀소."

"…인간으로선 절대로 버틸 수 없는 세월이군요."

"강산이 예순다섯 번이나 변했으니 우리도 이젠 흙으로 돌아갈 때가 된 것이지."

"그렇군요."

아쉬움이 스치는 그녀의 눈동자. 천하랑은 그녀의 얼굴을 매만지며 말했다.

"함께 갑시다. 이 한세상, 그대와 함께 20년 풍미했으면 할 만큼 했다고 생각하오."

"좋아요. 당신과 함께라면."

그녀는 태하를 바라보며 말했다.

"낭군님의 제자이면서도 한빙검을 취했다면 필시 우리 북해빙궁의 제자이기도 하겠군요."

"예, 사모님. 그렇습니다."

"그렇다면 이제부터는 당신이 이곳의 궁주입니다. 600년의 세월, 더 이상 북해빙궁은 존재하지 않습니다. 하지만 당신이 이곳을 기억하고 있다면 그 명맥은 끊어지지 않고 여전히 세상에 남아 있게 되겠지요."

설화령은 태하에게 자신의 팔찌를 벗어 건넸다.

"소궁주의 팔찌입니다. 지금은 궁주를 상징한다고 봐야겠지요. 이것을 가지고 제1창고로 가십시오. 그곳에는 당신이 이 세상에 나갔을 때 도움이 될 만한 물건이 많을 겁니다. 또한 내가 평생을 걸고 완성시킨 진법서가 그곳에 있어요. 당신이 그것을 이어받아주었으면 해요."

"예, 알겠습니다."

이윽고 그녀는 아련한 미소를 지었다.

"그리고… 부디 이곳과 저를 잊지 말아주십시오."

"물론입니다."

마지막 유언을 남긴 설화령은 서서히 눈꽃으로 변해갔고, 천하랑은 그런 그녀의 곁에서 불꽃이 되어 사라져 갔다.

"제자야, 부디 좋은 사람이 되어 이 세상을 이롭게 만들어 다오."

"그 말씀, 잊지 않겠습니다. 평생, 아니, 죽어서도 기억하겠습니다."

이제 두 사람은 공중으로 기화되어 사라져 버렸고, 태하는 그런 그들이 사라진 자리를 가만히 지켜보고 있었다.

*　　　*　　　*

한 차례 만남과 헤어짐이 있던 지하서고를 지나 제1창고로 가는 길, 태하는 이곳의 길이 꽉 막혀 있음을 알 수 있었다.

"일부러 무너뜨려 길을 막아버린 모양이군."

아마도 오만의 무인과 십만의 군사들을 막아내자면 창고를 무너뜨리는 것 말고는 도저히 방법이 없었을 것이다.

이 정도의 무게를 가진 암석들이 무너져 내려 자리를 잡았다면 아무리 무공의 고수라고 해도 쉽사리 뚫고 지나갈 수 없었을 것이다.

그러나 태하에게 이젠 불가능이란 의미가 없는 단어가 되어버렸다.

"나에겐 한빙검이 있으니 이곳을 지나가지 못할 이유가 없지."

태하는 검집에서 한빙검을 꺼내 들었다.

스르르릉!

마치 얼음이 미끄러운 철판을 스치는 듯한 사각거리는 소리가 들리면서 한빙검이 모습을 드러냈다.

그는 영롱하게 빛나는 한빙검에 진기를 불어넣기 시작했다.

"파천신검, 창월천해!"

붉게 빛나는 핏빛 달이 춤을 추는 듯 태하의 검신이 창월천해를 출사시켰다.

그러자 반원 형태의 검결이 무너져 있던 길목을 시원하게 뚫었다.

콰과과과광!

스스로 출수를 해놓고도 놀라는 태하, 그는 한빙검의 위력에 입을 다물지 못했다.

"이, 이것이 바로⋯⋯!"

태하는 과거 사람들이 왜 한빙검을 천하제일검이라고 불렀는지 한눈에 알 것 같았다.

천하랑은 이런 가공할 만한 검이 세상에 나왔을 때 천하를 적실 피가 두려워 검을 숨긴 것이다.

지금 이 위력은 그 평화를 지키기 위한 부부의 노력이 헛된 것이 아니었다는 것을 반증하고 있다.

태하는 단 일 수에 뚫려 버린 길을 차분히 걸어가며 제1창고가 과연 어떤 곳인지 가늠해 보았다.

"보자⋯⋯."

이곳은 총 열네 개의 창고로 되어 있었는데 과연 어떤 곳이 제1창고인지 이정표가 붙어 있지 않았다.

그는 일단 아무 곳이나 문을 열어보기로 한다.

끼이익!

왼쪽에서 첫 번째 창고를 열어본 태하는 자신의 눈을 의심했다.

"허, 허억! 으, 은자?!"

태하가 문을 연 창고에는 무려 150만 개의 은자가 쌓여 있었는데, 모두 북해빙궁의 표식이 찍혀 있었다.

아마도 이것은 북해표국이 원행을 떠날 때 사용하던 자금일 것이다.

"대박이군."

은자를 발견한 마음을 추스르기도 전에 태하는 곧바로 그다음 방문을 열었다.

그러자 이번에는 금자 500만 개가 그 모습을 드러냈다.

"뜨허억!"

원과 왜의 직인이 찍힌 금자, 아마 역사학자들이 보면 기절초풍할 만한 일이 아닐까 싶다. 태하는 이곳에 쌓인 금은보화를 바라보며 어째서 명이 이곳을 탐했는지 충분히 알 것 같았다.

"그래, 분명 이곳을 털어 자금을 확보하려는 것이었겠지. 당시엔 돈이 많이 필요했을 테니."

또한 그는 희미하게 남아 있는 방들의 표식에서 제1창고라는 글귀를 발견할 수 있었다. 아마도 제1창고라는 것은 이 수많은 방을 통틀어 총칭하는 것 같았다.

"역시 북해빙궁의 창고는 스케일부터가 다르구나."

그가 곧이어 그다음 칸을 열자 차례대로 보석, 도자기, 보검, 비단, 환약, 땅문서, 거래 문서, 무공 비급이 줄지어 나왔다.

그중엔 흑요석과 같은 준보석에서부터 블루 사파이어 같은 극상품의 보석도 있었다.

이 정도 양을 판다면 족히 글로벌 그룹을 일으켜 세우고도 남을 것 같았다.

"견물생심이 생길 만도 하군."

하지만 보물의 향연은 여기서 끝이 아니었다.

마지막 칸에는 황금으로 만들어진 상자가 놓여 있었는데, 그곳에선 엄청난 한기와 영기가 번갈아 뿜어져 나오고 있었다.

"이게 뭐지?"

무심코 상자를 연 태하, 그의 앞에 믿기 힘든 광경이 펼쳐졌다.

쏴아아아아!

"누, 눈보라가⋯⋯!"

태하의 머리카락이 흩날릴 정도로 강력한 눈보라가 몰아치기 시작했는데, 그곳의 진원지는 다름 아닌 상자의 안쪽 구석이었다.

그는 가까스로 손을 뻗어 상자 안쪽 구석에 있는 눈보라의 근원지를 손으로 집어 들었다.

두근두근!

"이것이 바로 폭풍의 근원지구나!"

아마도 이것을 그가 취하게 된다면 단박에 자연경의 경지에 이를 수도 있을 것이다.

하지만 그는 욕심을 버리기로 했다.

"과유불급, 무릇 인간은 자신의 그릇에 따라 욕심을 절제할 줄 알아야 해."

태하는 만년설삼환을 그대로 자리에 내려놓았다.

이윽고 그는 곧장 다음 방으로 향했는데, 그곳에는 수많은 양의 일기와 책이 쌓여 있었다.

"아마도 이곳이 사모님의 서고였던 모양이군."

그녀의 일기장에는 북해빙궁을 재건시킬 수도 있을 정도의 신묘한 진법들이 즐비해 있었다.

태하는 눈앞에 보이는 엄청난 보물을 바라보며 읊조렸다.

"그래, 이것들을 그냥 내버려 둘 수는 없지."

그는 두 사람이 남긴 유산을 차근차근 정리하여 이곳을 자신만의 창고로 만들기로 했다.

이로써 비공식적으로나마 북해빙궁은 다시 재건되기 시작했다.

         *   *   *

태하가 북해빙궁을 재건하는 데 가장 먼저 시작한 것은 이곳을 지지할 수 있는 냉기와 진기를 확보하는 일이었다.

지금까지 이곳이 녹지 않고 버틸 수 있던 것은 설화령이 스스로 진석이 되어 거대한 진법을 유지하고 있었기 때문이다.

그렇다면 지금 태하가 가장 먼저 해야 할 일은 설화령이나 한빙검을 대신할 만한 무언가를 찾아내는 일이었다.

하지만 그 일은 의외로 아주 간단히 해결되었다.

태하가 제1창고에서 발견한 눈보라의 근원은 영수 백아고래의 심장과 만년설삼으로 만든 내단이었다.

이것을 이용한다면 설화령과 한빙검이 없이도 이곳을 온전히 유지할 수 있을 터였다. 그는 설화령이 있던 자리에 백아고래의 심장을 놓고 그 옆에 만년설삼의 내단을 내려놓았다.

그러자 진법이 다시 살아나면서 백아고래의 심장 주변으로 물이 차올라 투명한 막을 생성시켰다.

두근두근!

또한 만년설삼은 지속적으로 백아고래의 심장에 내력을 주입시키고 다시 주변의 냉기를 빨아들여 내력을 생성하는 발전기 역할을 했다.

"좋군."

한마디로 이곳은 그 어떤 시설을 만들어도 동력을 걱정하지 않아도 되는 천연 발전기가 들어선 셈이다.

이제 태하는 이곳에서 그녀의 진법을 조금 더 공부하여 그것을 온전히 익히기로 했다.

그녀의 진법은 총 삼천 가지의 구결로 완성되는데, 그 신묘

함과 복잡함이 타의 추종을 불허할 정도였다.

이 삼천 가지의 진법을 섞으면 또 다른 진법이 탄생하게 되는데, 그 갈래는 그 수를 헤아릴 수 없을 정도로 방대했다.

심지어 그녀가 만든 진법을 서로 다르게 배열하고 섞으면 새로운 진법이 탄생하기 때문에 그 끝이란 없다고 해도 과언이 아니었다.

태하는 그녀의 기본 진법을 모두 외우고 이해하는 데만 무려 삼 개월이 걸릴 것으로 예상했다.

"쉽지 않은 길이 되겠군."

그는 지금까지 이곳에서 자생하는 버섯이나 박쥐를 잡아먹으며 연명했는데, 이제 이곳에 훈기가 돌면서 그것마저 여의치 않게 되었다.

그렇다면 이제 그가 해야 일은 이곳에 거처를 만들고 식량을 저장하는 일이었다. 복수도 복수지만 이곳에서의 일을 마무리하는 것도 그의 일인 셈, 그는 시간을 투자하기로 했다.

"좋아, 사냥을 나가볼까?"

그는 앞으로 얼마가 될지 모르는 공사를 준비하기 위해 밖으로 나가보기로 했다.

7. 유지를 받들어

러시아 레나강 중류.

제법 바람이 불어오고 있다.

휘이이이잉!

여름의 레나강 중류는 상당히 따뜻한 기류가 흐르는데, 그러다 8월이면 쌀쌀한 기운이 돌기 시작한다.

현재 이곳의 기온은 6~18도 사이로 일교차가 제법 컸다.

아마 이제 이곳 사람들은 슬슬 옷장에서 트렌치코트나 긴팔을 꺼내서 입고 다녀야 할 것이다.

그런 레나강 중류의 한 산봉우리에 진동이 일어나기 시작했다.

쿠그그그그그!

순식간에 진동은 거의 지진 수준으로 변해갔다.

우르르릉, 쾅!

결국 지진은 폭발로 이어졌고, 그 안에서 한 사내가 모습을 드러냈다.

쏴아아아아아!

극한의 냉기류와 봄날의 따뜻한 온기가 공존하는 이채로운 모습, 바로 태하였다. 그는 강의 중류를 따라 무려 15km나 이어져 있는 북해빙궁을 빠져나와 땅에 발을 내디뎠다.

"흐음, 공기가 좋군."

지금 이곳을 한국의 기후에 대입한다면 아마도 늦가을이나 초겨울쯤 될 것이다. 사람이 돌아다니기엔 최적의 날씨라고 할 수 있었다.

그는 자신이 꾸린 봇짐에 손을 넣고 휘휘 젓더니 이내 술병을 하나 꺼내들었다.

뽕!

이 술은 무려 650년이나 된 포도주로 북해표국이 서방과 교역하면서 사들인 것이다.

650년이나 흘렀으니 그 향과 풍미는 이 세상 그 어떤 술과도 비교할 수 없을 것이다.

"금강산도 식후경, 일하기 전에 새참으로 한잔해야겠군."

꿀꺽!

포도주의 코르크 마개를 따서 한 모금 맛본 태하는 황홀경에 빠져들었다.

"하아! 속이 다 시원해지는군!"

이처럼 청량한 바람이 부는 산등성이에서 마시는 650년 빈티지 와인이라니 신선놀음이 따로 없었다.

아침부터 술을 한잔한 태하는 곧바로 인근의 숲으로 걸음을 옮겼다.

솨아아아아!

"풍경이 바뀌었군."

그는 강변에서 꽤 떨어진 산골짜기로 들어섰는데, 그 형세가 가히 천혜의 요새였다.

산림지대로 안개가 잔뜩 낀 이곳은 기암절벽이 자리 잡고 있고 아래로는 광활한 협곡이 펼쳐져 있었다.

협곡에는 맑고 투명한 물이 흐르고 있었는데, 수면 위로는 간간이 연어들이 뛰어다니고 있었다.

태하는 우스갯소리처럼 읊조렸다.

"이러다 야생 곰이라도 나타나는 것 아니야?"

바로 그때였다.

쿵쿵쿵쿵!

불현듯 발아래에서부터 엄청난 진동이 느껴졌다.

"이런, 말이 씨가 된다더니……."

아무래도 그에게 다가오고 있는 기운은 거대한 곰으로 보였다. 정말 그가 말한 대로 야생곰과 맞닥뜨리게 된 것이다.

그는 등에 매달려 있는 한빙검을 뽑아 들었다.

스르르릉!

한빙검은 오랜만에 세상에 나와 기분이 좋은지 차디찬 검신을 위아래로 흔들며 신선한 공기를 한껏 머금었다.

그러자 한빙검의 검끝에 마치 한겨울의 서리처럼 한기가 맺히기 시작했다.

꽈드드득!

태하는 검신이 아래로 향하게끔 검을 내려 잡고 파천신검 제7장 파상뇌천검심을 머금었다.

"후우!"

그러자 그의 기혈을 따라 하단전부터 중단전, 상단전, 그리고 마지막으로 심단전에 이르는 경맥이 마치 폭포처럼 내공을 쏟아내기 시작했다.

고오오오오!

새빨개진 기혈이 청색으로 변해갈 즈음 태하는 그 기운을 검끝에 갈무리했다.

이제 그가 일수를 뻗기만 하면 이 응축된 기운이 일자로 쏘아져 곰의 몸을 꿰뚫게 될 것이다.

"…와라!"

잠시 후, 드디어 곰이 그 모습을 드러냈다.

크아아아앙!

"크군."

그의 앞에 모습을 드러낸 곰은 크기가 무려 오 미터는 넘을 법한 초대형 회색 곰이었다.

아마도 겨울잠을 자기 전에 충분히 영양분을 비축하느라 신경이 날카로워질 대로 날카로워진 것 같았다.

기운으로 친다면 최강, 혹은 전성기라고 해도 과언이 아닐 것이다.

쿠오오오오오!

하지만 지금 태하의 일격은 총과는 비교도 할 수 없을 정도의 파괴력을 가지고 있다.

그는 자신의 일격에 온 힘을 실어 출수했다.

"섬!"

피융!

마치 푸른색 광선이 쏘아져 나가는 듯 그의 검에서 일자의 짙은 검기가 곧게 뻗어 나갔다.

그리고 그 검기는 곰의 머리를 한순간에 꿰뚫어 버렸다.

서걱!

쿠웅!

단 일 수에 오 미터짜리 곰을 쓰러뜨린 검기는 그 이후로도 계속 힘을 잃지 않고 직선으로 뻗어 나간다.

사가가가가가각!

그리곤 마침내 기암절벽의 끄트머리에 부딪쳐 붉은색 폭발을 일으켰다.

콰앙!

검붉은 폭음 뒤로 산산이 부서진 눈꽃이 흩날리는 풍경, 아마도 한겨울 러시아의 전장이 딱 이러하지 않을까 생각해 보는 태하다.

"상상 그 이상이군."

자신의 힘을 모두 실험한 그는 다시 검을 잘 갈무리했다.

철컥!

"한 두어 달은 족히 버틸 수 있겠는데?"

의도치 않게 곰 고기를 확보하게 된 태하는 곰을 끌고 가서 육포와 소시지를 만들기로 했다.

*　　　*　　　*

진법은 40개의 기본 진열이 있고, 그것을 배합하여 총 500개의 기본 진법을 완성하게 된다.

그리고 이 기본 진법을 가지고 새로운 조합법을 만들어나가게 되는 것이다.

하지만 중요한 것은 진법 자체가 완성되는 조건이 일률적이지 않기 때문에 그 확률을 높이는 방법을 공부해야 한다는 점이다.

이 확률을 높이는 법에 통달한 사람이 바로 설화령이었고, 그녀가 만든 진법은 무려 99.99% 가동이 가능했다.

그러나 이론만으로 진법을 완성할 수는 없었다.

슥슥슥.

사람 주먹보다 조금 작은 호박석에 기본 진열의 문자를 새겨 넣은 태하는 그것을 수식에 따라 배열해 보았다.

호박석에는 태하의 진기가 들어가 있기 때문에 일정한 배열대로 놓는다면 분명 뭔가 반응이 올 것이다.

이번에 태하가 만들어보기로 한 진법은 사방에 넓이 열다섯 평 정도의 불구덩이가 만들어지는 화력진(火力陣)이다.

하지만 어쩐 일인지 화력진은 아무런 반응을 보이지 않았다.

"어라? 이게 왜 이러지?"

태하는 화력진이 발동하지 않자 의아한 마음에 진을 발로 툭 건드려 보았다.

그러자 15평의 공간에서 미칠 듯이 불기둥을 뿜어져 나오기 시작했다.

고오오오오오, 콰아아아아앙!

"허, 허억!"

화들짝 놀라 뒤로 몇 걸음 물러선 태하는 불기둥을 잠재우기 위해 진석을 파괴하려 했다.

하지만 진석이 있는 곳까지 걸음을 옮기는 것은 아무래도 불가능할 것 같았다.

화르르르륵!

"젠장! 무슨 불길이 이렇게 매서워?"

화력진은 대규모 병력을 일순간에 불태워 죽이기 위한 진법이기 때문에 어지간해선 그 불길을 뚫고 지나갈 수 없다.

그러나 태하는 한빙검의 주인이다.

스르르릉!

"어쩔 수 없지. 지나갈 수 없다면 파괴시키는 수밖에."

그는 한성검법의 제8구결을 출수했다.

"질풍섬(疾風閃)!"

서걱!

질풍섬은 내력을 검신에 넓게 퍼뜨린 후 그것을 아주 빠르게 전방으로 흩뿌리는 발도술이다.

아마도 불을 끄는 데 이것보다 더 좋은 방법은 없을 것이다.

하지만 문제는 완급 조절에 제대로 이뤄지지 않는다면 어마어마한 결과를 초래할 수 있다는 점이다.

스스스스스, 콰앙!

"……"

질풍섬 한 방에 서고의 입구가 막혀 버렸고, 태하는 이제 다시 밖으로 나갈 수 없는 처지가 되어버렸다.

그나마 곰 고기를 확보해 놓은 것은 천운이라고 할 수 있었다.

"…첫술에 배부를 수야 있나? 부서진 곳은 나중에 보수하지, 뭐."

일이야 어찌 되었건 첫 번째 실험은 성공한 셈이니 결과가 아주 나빴다고는 할 수 없었다.

그는 다시 진법 공부에 매진하기 시작했다.

*   *   *

태하가 진법을 공부한 지 일주일째, 그는 이제 진법책의 1/10가량을 독파했다.

진법은 음양오행에 따라서 총 일곱 가지로 나누어 그 갈래를 찾아볼 수 있는데, 태하가 처음 독파한 구결은 양의 구결이었다.

양은 빛과 열, 특히나 남자의 뜨거운 양기와 태양의 열기를 포괄하는 의미를 담고 있었다.

얼마 전 태하가 스스로를 서고에 가두어 버린 사건인 화력진 역시 음양오행 중 양과 화에 속한다고 할 수 있었다.

이제 양을 공부한 태하이지만 이와 관련된 파생진법을 함께 공부하다 보니 화, 금, 토에 대한 것도 자연스럽게 익힐 수 있게 되었다.

화력진의 경우에만 해도 태양의 기운을 대표하는 양과 불의 근간을 이루는 성질인 화, 거기에 열을 내뿜을 수 있도록 바람을 일으키는 목, 또한 열을 유지시키는 금과 토가 함께 공존한다.

그렇기 때문에 하나의 진법을 공부하면 나머지 다른 성향의 진법들도 자연스럽게 익히게 되는 셈이다.

일주일 동안 식음을 전폐하며 공부에 매진한 태하는 자리에서 일어나 이론에 따라 진법을 펼쳐 보았다.

이번에 그가 펼쳐 보일 진법은 기열진(氣熱陣), 섭씨 70도가량의 열을 내뿜는 진법이다.

그는 모두 열네 개의 호박석을 동그랗게 놓고 그 안에 각각 속성을 부여할 글귀를 써 내려갔다.

슥슥슥.

기열진은 열기가 근간이 되는 진법이고, 수와 화가 서로 합심하여 열기를 지속시키게 된다.

태하는 동그란 진법진 중앙에 열의 기본 진열을 놓은 후 북으로는 수, 남으로는 화를 배열시켰다.

그리고 서로 목, 동으로 금을 놓아 열부터 수와 화를 보필할 수 있도록 하였다.

"흐음, 이 정도면 된 것 같군."

태하는 이 모든 진열을 끝마친 후에야 진법에 힘을 불어넣을 수 있는 진석을 올려놓았다.

그러자 기열진이 아주 안정적으로 열기를 뿜어내기 시작했다.

쉬이이이이이익!

그는 조심스럽게 기열진 안으로 손을 집어넣어 보았다.

"흐음, 좋군."

적당히 습하면서도 70도가량의 열이 아주 균일하게 뿜어져 나오는 것이 딱 습식사우나를 연상시키게 했다.

태하는 만족스러운 표정으로 기열진을 바라보았다.

"이제야 좀 흉내를 낼 수 있게 되었군."

사실 태하는 잘 인지하고 있지 못했지만 일주일 만에 진법 하나를 완성시킨다는 것은 상당히 어려운 일이었다.

아무리 머리가 좋다고 해도 진법을 제대로 이해하고 그것을 실현시키는 데엔 무공보다 훨씬 더 복잡한 이치가 내포되어야 하기 때문이다.

하지만 태하는 맨사에 정회원으로 등록된 천재일 뿐만 아니라 이미 천마삼경과 북해신공을 모두 익힌 사람이다.

음의 무공 북해신공과 양의 무공인 천마삼경을 동시에 익힘으로써 이미 음양오행에 대한 이해가 끝났다고 볼 수 있었다.

그러니 당연히 진법을 공부함에 있어 남들보다 월등히 앞설 수밖에 없었다.

하지만 그는 자신이 뛰어나다는 사실을 인지하지 못하고 있었다.

"자, 그럼 다시 공부에 매진해 볼까?"

옆에서 가르쳐 주는 사람이 없으니 진척도가 얼마나 빠른지 알 수 없었지만, 오히려 그것은 태하에게 약이 될 것이다.

그는 또다시 식음을 전폐하고 공부에 빠져들었다.

* * *

화의 구결을 모두 독파한 지 보름이 지났다.

"으음."

찌뿌듯한 느낌에 자리에서 일어선 태하는 잠시 물이라도 마실 요량으로 우물가로 향했다.

태하는 이곳에 이글루를 지으면서 지하수가 용천되는 우물을 만들었는데 이곳에는 여전히 내력이 녹은 온천수가 섞여 있었다.

때문에 이것을 마시면 식사를 하지 않아도 살 수 있으며, 아무리 피곤한 상태에 있어도 지치지 않았다.

그는 우물을 퍼 마시려 물가에 고개를 내밀었다가 화들짝 놀라고 말았다.

"허, 허억! 머, 머리카락이……!"

분명 태하는 이곳에 들어오면서 머리카락을 짧게 잘랐는데, 지금은 무려 허리까지 길어 있었다.

"도, 도대체 얼마나 오래 앉아 있었던 거야?"

신체능력이 월등이 높아졌다는 것은 신진대사가 빨라져 손톱이나 발톱, 각종 털이 빠르게 자랄 수 있다는 뜻이기도 하다.

하지만 반대로 대사가 원활하게 이뤄지는 대신 신체의 모든 세포가 끝도 없이 활성화되기 때문에 신체는 나이를 반대로 먹는다.

그래서 지금 태하는 아무리 많게 봐도 20대 초반으로밖에 보이지 않았다.

보름 만에 머리가 허리까지 자란 태하는 수압으로 시간을 가늠할 수 있는 물시계로 달려갔다.

시간이 흐르는 것을 인지하기 위해 한 달 단위로 물을 갈아주어야 하는 물시계의 추가 무려 절반이나 아래로 내려가 있다.

"보름이라……. 설마하니 보름 동안 일어나지도 않고 앉아 있었단 말인가? 참……."

태하는 화경의 경지에 올라 있지만 신체는 이미 현경에 도달해 있었다.

설화령의 말대로 그는 아직 깨달음이 없기 때문에 화경에 머무르고 있을 뿐 사실은 현경의 중입에 도달한 것이다.

그래서 보통 사람의 집중력에 무려 열다섯 배에 달한 것이다.

그는 이제 더 이상 머리를 자르는 것이 무의미해졌다는 것을 깨달았다.

"별수 없지."

태하는 제1창고에서 가체에 쓰던 장점(비녀의 일종)을 하나 꺼내어 머리를 올려 질끈 묶었다.

그러자 달빛에 비친 그의 얼굴이 물가에 일렁거린다.

"흠……."

원래 태하는 못생긴 얼굴은 아니지만 그렇다고 훤칠하게 잘생긴 얼굴도 아니었다.

하지만 한 차례 환골탈태를 거치면서 그 얼굴이 재배열되어 가히 남중일색(男中一色)이요, 선풍도골(仙風道骨)이라 할 만했다.

그는 어째서 천하랑이 그렇게 잘생겼는지 알 수 있을 것 같았다.

"홋, 사부님도 역시 환골탈태 빨(?)이셨군. 그래, 태어나면서부터 그렇게 잘생긴 사람이 어디 있겠어?"

천하랑 역시 한 차례 환골탈태를 거치면서 태하와 비슷한 얼굴이 된 것이다.

물론 천하랑은 본판이 워낙 잘난 편이라서 그 경지가 신에 가까웠다면 태하는 그 신의 발을 닦아주는 환관 정도 될 것이다.

그래도 밖에 나가면 이런 얼굴도 좋다고 줄을 설 여자들이 한 트럭은 될 것이며 연예기획사에서도 탐을 낼 정도의 얼굴이다.

하지만 태하는 자신의 얼굴에 대해선 별 관심이 없었다.

"그래봐야 도망자인데, 뭐."

얼굴은 바뀌었지만 본판이 아주 없어진 것은 아니기 때문에 눈썰미가 좋은 사람은 그를 금방 알아볼 것이다.

태하는 바뀐 외모에는 별 관심이 없는 듯 다시 공부에 매진하기 시작했다.

　　　　　*　　　　　*　　　　　*

　사람이 한 자리에 앉아 한 달 동안 망부석처럼 움직이지 않는다는 것은 참으로 힘든 일이다.

　태하는 무려 한 달 동안 자리에서 움직이지 않고 공부에 매진하여 진법 책을 모두 독파했다.

　그는 책을 거꾸로 놓고 읽어도 그 내용을 알 수 있을 정도로 완벽하게 외우고 또 외웠다.

　그러자 음양오행이 완벽하게 이해되어 진법뿐만 아니라 내공까지 한층 증가되는 쾌거를 이루었다.

　그는 한 달 만에 자리에서 일어나 운기조식에 들어갔다.

　우우웅!

　그러자 그의 온몸에서 은빛 현명지기가 발현하기 시작했다.

　"됐다! 드디어 현경에 올랐어!"

　화경이 붉은색 적연지기(赤煙之氣)를 발생시키고 검끝에서 꽃향기를 낸다면 현경은 은색 현명지기와 함께 꿀과 같은 달콤한 냄새를 풍긴다.

　한 걸음 옮길 때마다 말로는 형용하기 힘든 달콤한 냄새가 풍기는 태하, 이제 그는 평생 씻지 않아도 향기가 죽지 않는 선천향인(先天香人)이 된 것이다.

　이윽고 그는 진법의 최고봉이라 불리는 생명진을 배열해 보왔다.

슥슥슥.

총 55개의 배열로 이뤄진 생명진은 죽어가는 사람도 살릴 수 있는 영험함을 지니고 있다.

진법의 음양오행에서 가장 궁극적으로 보는 두 가지 요소는 바로 생과 사인데, 이것이야말로 지구를 이루는 근간이라고 본 것이다.

한마디로 생명진을 조금만 바꾸면 공기에만 스쳐도 사람이 죽는 사망진을 만들 수도 있다는 소리였다.

만약 진법이 악용된다면 그렇게 악독한 수법도 충분히 사용될 수 있다는 뜻이기도 했다.

그래서 그녀는 천하랑의 가르침을 받은 태하에게 자신의 뒤를 이어 반드시 북해빙궁의 궁주가 되어달라고 부탁했던 것이다.

그는 생명진을 모두 만들어놓고 저번 사냥에서 잡아들인 회색 늑대를 올려놓았다.

끼잉, 끼잉!

사냥꾼의 덫에 걸려 다 죽어가던 회색 늑대는 태하의 손에 이끌려 이곳까지 내려왔다.

그리고 이틀 동안 온천수로 연명하다 이제는 더 이상 살아남을 수 없는 지경에 이른 것이다.

태하는 생명진에 진석을 올려놓으며 늑대의 이마를 쓸어내린다.

"이제 너에게 새 생명을 선물해 주마."

잠시 후 태하의 손길이 스치는 곳마다 은은한 은빛 무리가 어리더니 늑대의 상처가 씻은 듯이 치료되었다.

헥헥!

심지어 멀쩡히 살아 뛰어다닐 정도로 건강해진 늑대는 태하에게 고마움을 표시하는 듯 배를 뒤집으며 뒹굴었다.

컹컹!

"건강해졌군. 이제 더 이상 사냥꾼에게 잡히는 일이 없었으면 좋겠군."

이윽고 늑대는 다시 자신들의 무리로 돌아갔고, 태하는 잠시 생명진에 누워 따스한 치유의 기운이 빠져들었다.

*   *   *

이른 아침, 태하는 가벼운 진동과 함께 북해빙궁 지하서고를 거닐고 있다.

쿵쿵쿵!

그의 곁에는 총 열 마리의 얼음괴물이 서 있었는데, 그들은 모두 태하와 함께 자웅을 겨룬 현경고수와 같은 품종이었다.

진법으로 만들어진 얼음괴물들은 백아고래의 심장이 내뿜는 진기 파장 내부에서만 움직일 수 있다는 단점이 있긴 하지만 그것만으로도 상당히 쓸모가 많았다.

태하는 얼음괴물로 하여금 무너진 지하서고의 입구를 치우게 하고 그곳에 처음부터 다시 공사를 시작하기로 했다.

쿠그그극—

쿵쿵!

얼음괴물이 차근차근 지하서고의 입구를 정리해 나가자 태하는 자신이 직접 화열진으로 담금질해서 만든 장비들로 천장 설비들을 재정비해 나갔다.

뚝딱, 뚝딱!

천장 설비는 백아고래의 심장이 내뿜는 진기 파장이 닿는 위치에 있는 모든 곳에서 냉기를 보낼 수 있도록 한 장치다.

이것은 처음 북해빙궁이 만들어질 때부터 있던 장치로, 지금까지 이 지하 동굴의 외형이 그대로 보존될 수 있는 이유이기도 했다.

아무리 지하의 온도가 지상에 비해 일정하다곤 하지만 아주 미묘한 온도의 차이는 분명이 발생하게 마련이다.

하지만 그것을 천장 설비로 미연에 방지하여 지금과 같은 적정 온도를 유지할 수 있던 것이다.

태하는 북해빙궁의 이곳저곳이 무너져 내리면서 끊어진 천장 설비를 모두 재정비하여 자신이 없어도 스스로 빙궁이 유지될 수 있도록 할 생각이다.

네모난 일자 틀에 냉기가 지나다닐 수 있는 통로로 이뤄진 천장 설비는 다시 모양을 다잡고 통로를 이어주기만 하면 끝이다.

쾅쾅!

"후우, 마무리가 되었군."

대략 한 시간 만에 한 구역을 완성시킨 태하는 그 안에 머리를 넣어 공기의 냄새를 맡아보았다.

솨아아아아!

청량한 공기와 함께 적당한 냉기가 흘러다니는 것 같다.

"좋아, 이 정도면 되었어."

이제 태하는 무너져 내린 제1창고와 대빙전, 그리고 입구가 유실되어 도저히 진입할 수 없던 대서고를 복원하기로 했다.

*   *   *

대빙전(大氷殿)은 천하랑이 오만의 무인에게서 결사항전을 벌인 곳이며, 명교와 북해빙궁 최대의 격전지였다.

이미 그곳에 있던 시신은 백골이 진토되다 못해 물에 녹아 진기로 흘러 다니고 있었다.

때문에 시신을 수습할 필요는 없지만 내부의 빙벽을 다시 세우고 통로를 복원하는 일이 시급했다.

태하는 지하서고에 있던 북해빙궁의 초상도를 통하여 대략적이나마 그것을 복원할 수 있었다.

툭툭툭!

작은 정과 망치가 달린 얼음괴물들의 팔이 벽을 타고 지나다니면서 유실된 조각을 다시 복원하였고, 천장에는 천장 설비가 제 모습을 갖추기 시작했다.

아주 빠르게 진행되는 작업이었지만 나름대로 그 견고함은 예전에 비해 크게 떨어지지 않는 것 같았다.

태하는 조금 떨어져 그 모습을 다시 한 번 감상해 보았다.

"흠, 그리 나쁘지는 않은 것 같군."

대빙전을 복구하는 동시에 태하는 두 마리의 얼음괴물을 이끌고 대서고로 향했다.

대서고는 북해빙궁의 궁주 설무창이 구파일방의 장문들과 자웅을 겨루다 처절하게 죽어간 곳이다.

여전히 이곳에는 북해신공의 차가운 기운이 스멀스멀 피어나고 있는 것 같았다.

태하는 꽉 막혀 버린 대서고의 입구를 손으로 만져보았다.

쿵쿵!

"아직도 거대한 얼음으로 되어 있군."

지금까지 태하가 이곳을 가만히 내버려 둔 것은 이 얼음이 부서졌을 때 잘못하면 서고 전체가 무너져 내릴 수도 있겠다고 판단한 때문이다.

이제 그는 얼음괴물들을 대동하고 있으니 충분히 다른 시도를 해볼 수 있을 것이다.

스르르릉!

한빙검을 뽑아 든 태하는 그 안에 파천신검의 제12구결인 '파천'을 먹였다.

"후우!"

제12구결 파천은 파천신검의 모든 구결 중 가장 정교하면서도 조용한 구결이다.

단 한 차례의 폭발이나 굉음을 내는 법이 없으며, 오로지 최대한의 자제력만으로 적을 제압하는 무공이다.

그는 극성으로 끌어올린 파천을 두꺼운 빙판에 날렸다.

"가랏!"

스가가가가각!

태하의 검이 빙판을 정확히 절반으로 가르자, 한 마리의 괴물이 무너진 빙판을 잡아 충격을 줄여주었고 나머지 한 마리가 서고의 천장을 잡아 안정감을 더했다.

그러자 온전한 모습의 대서고가 모습을 드러낸다.

"이, 이것이 바로……!"

대략 이천 평 규모의 방대한 서고에는 각종 지식이 기록된 책이 빼곡하게 자리 잡고 있었다.

그중에는 화타가 직접 집필한 환약제조서나 당문의 독무술 같이 희소성이 높고 습득의 의미가 큰 책이 즐비했다.

한마디로 이곳은 책벌레 태하에게 있어 보물창고와도 같은 곳이었다.

"이런 천국이 다 있었다니!"

태하는 지금 당장에라도 이 책을 모두 다 읽어보고 싶었지만, 그랬다간 평생 서고에서 나갈 수 없을 것이다.

태하는 나중에 모든 복수를 마무리하고 난 다음에 따로 시간을 내서 이 모든 책을 다 독파하겠다고 굳게 다짐했다.

"내 반드시 네놈들을 씹어 먹고 말 것이다!"

이윽고 그는 다시 서고의 문을 보수하기 위한 작업에 착수했다.

*   *   *

북해빙궁의 복원 작업 보름째.

태하는 이제 북해빙궁의 지하서고와 대서고, 대빙전을 모두 복구시켰다. 이제 남은 것은 제1창고를 복원하는 일이다.

태하는 창고의 내부는 그대로 유지하되 무너진 입구를 복원시키고 창고의 입구에는 오로지 한빙검의 주인만 들어올 수 있는 진법을 설치해 두었다.

스슥슥.

한빙검이 내뿜는 극한의 냉기와 진기가 없으면 출입할 수 없는 절대사빙진의 배열을 마친 태하는 마지막으로 한빙검의 진기가 묻어 있는 진석을 중앙에 배치했다.

그러자 절대사빙진의 발동으로 인하여 입구가 일렁거리더니 이내 왜곡현상을 만들어냈다.

꿀렁~

이제 이 왜곡현상에 누군가 손을 집어넣는다면 필시 팔이 얼어 떨어져 나갈 것이 분명했다.

다만 이곳의 주인인 태하가 손을 뻗는다면 당연히 왜곡현상이 걷히고 그 안의 진귀한 보물들이 모습을 드러낼 것이다.

그는 마지막으로 완성된 제1창고의 모습까지 완벽하게 일기에 남겨두었다.

"됐다. 이제 다 되었어."

이곳을 이어받아 나가겠다는 다짐은 앞으로 그가 더욱 처절하게 복수하도록 만드는 밑거름이 될 것이다.

이번에 태하는 제2창고와 제3창고, 더 나아가서는 제480창고까지 나열되어 있는 북해빙궁의 별관으로 향했다.

북해빙궁의 별관은 원래 지상에 존재하던 천하대설관과 대전을 지나 빙궁의 구석 지하에 있던 15층짜리 창고이다.

이곳을 관리하던 사람들은 대부분 싸움으로 죽어 없어졌지만, 그 안에 남아 있던 내용물은 여전히 그 빛을 잃지 않고 있었다.

북해빙궁 별관에는 비단을 비롯한 각종 직물, 광물, 식품, 가죽, 잡화 등 사람이 살아가면서 필요한 거의 모든 것이 들어 있었다.

표국은 이 물건들을 적당한 값에 팔기 위해 먼 거리를 원행하기도 했고 인근 마을로 내려가 싼값이 풀기도 했다.

태하는 이곳에서 자신이 입을 만한 옷이 얼마나 있는지 알아보았다.

끼이익!

제66창고는 서역과의 교역으로 만들어진 창고이니 어쩌면 쓸 만한 것이 있을지도 모른다는 것이 태하의 생각이다.

하지만 그의 생각은 여지없이 빗나가고 말았다.

"이, 이건……."

무려 600년 전 의복을 태하가 입을 수 있을 리가 없었다.

북해빙궁의 창고에는 설약이라고 불리는 특수한 약이 도포되어 있는데, 이것은 냉기만 유지된다면 족히 800년은 버틸 수 있는 일종의 방부제였다.

덕분에 의복들의 상태는 최상급이었으나 문제는 그가 입을 만한 스타일의 옷이 없다는 것이었다.

"별수 없군."

그는 제75창고에 있는 가제도구 창고에서 바늘과 실을, 그리고 제99창고에서 가죽과 천을 꺼내어 직접 바느질을 시작했다.

슥슥슥슥.

원래 바느질이라곤 해본 적이 없는 태하였지만 대서고에 있는 원나라 서책 '복식대백과'에서 기법을 착안하기로 했다.

가죽은 거대한 송곳으로 구멍을 뚫어 쇠심줄과 명주실로 엮어 몸에 알맞은 재킷을 만들었고, 거친 면직물은 제단하고 박음질하여 바지를 만들었다.

거기에 소가죽으로 겉면을 제단하고 오동나무로 바닥을 삼은 수제화로 신발을 대신하기로 했다.

대략 네 시간가량의 작업을 거치고 난 후, 태하는 동경 앞에 서서 자신의 행색을 한번 훑어보았다.

"으음, 나쁘지는 않군."

옷이 날개라는 말이 있지만, 지금의 경우는 뭔가 바뀌어도 한참 바뀐 듯하다.

워낙 미적 감각이 떨어지는 태하이기에 옷을 만들었지만 너무나 투박하고 볼품이 없어 마치 전장에서 돌아온 패잔병을 보는 것 같다.

하지만 그마저도 환골탈태로 얻은 외모 덕분에 거친 야성미가 돋보이는 보헤미안룩 같았다.

덕분에 태하는 자신의 미적 감각이 꽤나 많이 올랐다고 생각했다.

"다른 것은 몰라도 미술 실기는 죽어도 10점을 넘기기 힘들던 내가, 실과와 가정 시간에는 항상 최하점을 받던 내가…… 역시 무공의 힘은 대단하군."

착각은 자유라곤 하지만 이 경우엔 정도가 심하다고 할 수 있다.

그러나 무공의 힘으로 옷을 소화시킨 것은 맞는 말이니 그의 착각이 아주 틀렸다곤 할 수 없을 것이다.

태하는 자신이 만든 옷을 아주 흡족한 눈으로 바라보며 창고를 나섰다.

*   *   *

북해빙궁의 입구이자 태황설문(太皇雪門)이 있던 동굴 앞, 태하는 행낭을 하나 멘 채 절을 올리고 있다.

"사부님, 사모님, 이제 제자는 하산합니다! 부디 이곳에서 영면하시고 다음 생에도 꼭 부부로 만나십시오."

이곳은 이제 그 누구의 침입도 받지 않는 절대진법에 둘러싸여 사람들의 기억 속에서 영원히 잊혀갈 것이다.

궁의 입구에는 신기루가 걸려 있어 아무것도 없는 허공을 보는 것 같은 착각이 들었으며, 만약 운이 좋아 이곳을 찾아 낸다고 해도 현대 기술로는 도저히 뚫을 수 없는 맹사진이 걸려 있다.

또한 서고로 내려가는 길목마다 사람을 처참하게 죽일 수 있는 각종 공격진이 설치되어 있었으며, 현경의 경지에 이른 얼음괴물 150마리가 상주하고 있다.

아마 1개 사단급 병력을 이곳에 투입한다고 해도 채 10분을 버티지 못하고 전멸할 것이 분명했다.

이제 태하는 자신의 조력자들을 찾아내서 이곳의 금은보화를 바탕으로 복수를 준비하게 될 것이다.

태하는 절대진법을 벗어나 다시 광활한 대지로 나섰다.

그러자 저 멀리서 한 무리의 늑대들이 태하에게로 달려오기 시작한다.

아우우우!

"늑대?"

굶주린 늑대들은 때론 사람을 공격하기도 하지만, 주식으로 사람을 잡아먹지는 않는다.

어쩐 일인가 싶어 어리둥절해하던 태하에게 한 마리의 늑대가 다가왔다.

헥헥!

"네 녀석은 나에게 치료를 받은 그놈이 아니냐?"

헥헥!

녀석은 태하에게 목숨을 빚진 늑대였는데, 아무래도 놈이 이 무리의 우두머리 같았다. 늑대 무리는 우두머리를 구해준 태하에게 인사를 하러 내려온 모양이었다.

놈들은 몇 마리의 토끼와 사슴 등을 태하 앞에 내려놓았다.

헥헥!

"보은을 하는 것이냐?"

헥헥!

그는 태하에게 사냥한 짐승을 건네는 늑대들을 바라보며 씁쓸한 미소를 지었다.

"한낱 늑대도 보은을 할 줄 아는데 함께 영원한 기업을 일구기로 한 사람들은 나를 배신했구나. 이것 참……."

컹컹!

태하가 우두머리를 쓰다듬자 대략 50마리의 늑대가 그에게 달려와 마구 얼굴과 몸을 비벼댔다.

이것은 늑대가 태하를 일원으로 받아들였다는 뜻이기도 했다.

그는 우두머리 늑대를 바라보며 알아듣지 못할 말을 지껄이기 시작했다.

"앞으로 너희들이 이 입구를 지켜주어라. 아마 너희들 정도의 세력이라면 거대한 곰이 나타나도 문제되지 않겠지."

헥헥?

"하긴, 네가 나의 말을 알아듣기야 하겠냐만 꼭 그래주었으면 좋겠구나."

헥헥!

태하는 다시 한 번 늑대들에게 이별을 고한 후 산을 내려갔다.

"잘 있거라. 다시 만날 때까지 건강해야 해?"

아우우우!

그렇게 태하는 언제가 될지 모르는 재회를 약속했다.

*　　　*　　　*

대한그룹 산하 대한종합병원.

이곳의 장례식장 VIP룸에는 전 대한그룹 회장 일가의 장례식이 치러지고 있었다.

그리고 그 옆에는 김화평 이사 일가의 빈소도 함께 마련되어 있었다.

"아이고… 아이고……."

김충평 회장은 자신의 동생 일가의 죽음을 애도하는 의미에서 벌써 이틀 째 곡소리를 내고 있다.

누가보아도 서럽고 분통 터지는 듯한 그의 표정, 아마 모르는 사람이 봐도 중요한 사람이 죽었겠거니 할 것이다.

그런 그의 곁에 앉은 김태우와 김태형은 아주 작은 목소리로 밀담을 나누고 있다.

"치과 기록은?"

"내가 알아서 처리했다."

"그렇군."

지금은 새벽 세 시를 막 지난 시간이었기 때문에 어지간한 조문객들은 이미 발길을 끊은 상태였다.

그럼에도 불구하고 계속해서 곡소리를 내던 김충평이 불현 듯 울음을 멈추며 말했다.

"지금 꼭 그런 대화를 나누어야겠느냐?"

"…죄송합니다."

"사람이 조심해서 나쁠 것 없다고 내가 몇 번을 말해야 알아듣겠느냐?"

"면목 없습니다……."

사람들은 이 집안 남자들을 두고 꼬리가 아홉 달린 여우라는 둥, 배에 기름이 낀 박쥐라는 둥, 날이 선 의심의 이빨을 마구 드러내고 있었다.

그런데 지금 이 상황에서 김태린의 시신을 찾지 못했다는 소문이 돌기라도 한다면, 이야기를 좋아하는 호사가와 언론은 하이에나처럼 그것을 파고들어 그들의 모든 노력과 수고가 수포로 돌아갈지도 모른다.

"조심, 또 조심해야 할 것이야."

"명심하겠습니다!"

세 사람이 밀담을 나누고 있던 바로 그때, 빈소로 김태우의 수행비서가 헐레벌떡 달려왔다.

"헉, 헉, 이, 이사님!"

"무슨 일이십니까?"

"자, 장례를 멈추셔야 할 것 같습니다!"

"…그게 무슨 말입니까? 멀쩡한 장례식을 접으라니요?"

"김태린 씨가 돌아왔습니다!"

순간, 세 사람 사이엔 말로 형용할 수 없는 충격적인 정적이 흘렀다.

"……"

"이사님? 일단 병원부터 가보시는 편이……."

"…확실합니까?"

"네, 네?"

"확실하냐고요! 태린이가 살아 돌아온 것이 맞아요?"

"예, 그렇습니다."

김태린이 살아 돌아왔다는 것은 사태가 더 이상 걷잡을 수 없는 방향으로 흘러감을 암시하는 일이었다.

딱딱하게 굳어버린 김충평과 김태형의 얼굴.

곧바로 정신을 차린 김태우가 자리에서 벌떡 일어서며 빈소를 나섰다.

"갑시다."

"예."

*   *   *

삐빅— 삐빅—

대한병원 지상 25층에 마련된 프라이빗 룸에 김태린이 실려 와 있었다.

지금 그녀는 뇌에 심각한 손상을 입었으며, 전신에 골절을 입어 도저히 생사를 장담할 수 없는 지경이었다.

또한 낭떠러지에서 떨어지면서 생긴 충격으로 인해 내장의 기능이 60% 이하로 떨어진 상태였다.

만약 지금 그녀를 살리려면 대체 장기들을 공수해야 할지도 모를 상황이었다.

김태우는 각 분야의 최고 전문가들을 불러놓고 그녀의 상태에 대해서 전해들었다.

"일단… 살아 있는 것이 기적입니다. 이렇게 숨을 쉬는 것조차 신기할 따름이죠."

"…그렇게 상태가 좋지 않습니까?"

"거의 다 죽다가 기사회생했다는 표현이 맞겠군요."

김태린을 바라보는 김태우의 표정이 썩 밝지가 못하다.

"……."

"죄송합니다. 저희들도 최선을 다하고 있습니다만, 이 이상 상태가 호전되리라곤 장담할 수 없군요."

"장담을 할 수 없다……."

짐짓 무거운 표정의 김태우, 그런 그를 바라보며 의사들은 연신 고개를 숙일 뿐이다.

"죄송합니다! 저희들은……."

"아니요, 괜찮습니다. 교수님들께서 죄송하실 것이 뭐 있습니까? 인명은 재천인 것을……."

김태우는 겉으로는 슬퍼하는 척했지만 김태린이 거의 죽어가고 있다는 것에 감사할 따름이었다.

지금 김태우가 가지고 가야 할 주식의 대부분은 아직 명의 이전이 이뤄지지 않은 상태였지만 그녀가 계속해서 식물인간 상태로만 있어준다면 자리를 빼앗길 일은 없었다.

병석에 누워 있는 사람이 회장직을 수행할 수는 없을 것이고 이대로라면 그녀의 의결권 행사는 아예 일어날 수도 없기 때문이다.

이제 남은 것은 치과 기록을 어떻게 갈아 치우느냐다.

'일이 조금 복잡해졌군. 하지만 아직 희망이 있다……!'

꼬여버린 실타래를 푸는 일이 그의 생명을 지키는 일, 김태우는 이번 일에 사활을 걸기로 결심했다.

8. 하산하다

북해빙궁을 내려와 태하가 가장 먼저 마주친 것은 러시아 툰드라지대를 유랑하며 동물을 사냥하는 수렵꾼들이었다.

그는 북해빙궁을 나와 무려 보름이나 산을 헤맸는데, 그때 산등성이를 지나던 사냥꾼들과 마주하게 된 것이다.

수렵꾼들은 자신들보다 훨씬 더 사냥꾼다워 보이는 복색의 태하를 만나곤 아주 거리낌 없이 다가왔다.

"안녕하슈? 블라디미르라고 하오."

"천태하라고 하오."

"천태하? 러시아 사람은 아닌 모양이오?"

"그렇소."

"그런데 발음이 아주 좋군."

"어릴 때 러시아를 많이 오갔소. 그때 말을 배웠지."

태하는 전 세계를 돌아다닌 결과 영어와 중국어를 비롯한 8개 국어를 유창하게 구사할 수 있었다.

하지만 러시아어는 미처 공부하지 못했는데, 마침 대서고에 있던 각 나라의 언어들을 습득하면서 러시아의 언어도 함께 습득한 것이다.

몇 가지 단어가 많이 바뀌긴 했어도 기본 틀은 변하지 않았기 때문에 대화를 하다 보면 금방 고칠 수 있을 것 같았다.

사냥꾼들은 태하에게 관심을 보였다.

"이 산에서 일반인을 만나다니 어디서 오는 길이오?"

"사실… 혼자서 트래킹을 왔다가 길을 잃어버렸소. 내려올 때엔 행글라이더를 타고 왔지."

"아아, 동시베리아를 횡단하는 트래커였군. 나도 행글라이더를 타고 이곳을 횡단하려던 적이 있소. 하지만 번번이 죽을 뻔해서 포기했소."

태하는 수렵꾼들의 입맛에 맞춰 너스레를 떨었다.

"그러게 말이오. 이런 곳에서 사람이 살 수 있다고 생각했다니 치기치곤 좀 무모했던 것 같소."

"하하, 그렇긴 하지."

이윽고 사냥꾼들은 자신들이 타고 온 트럭이 세워진 곳으로 태하를 안내한다.

"운이 좋았소. 우리도 이제 막 마을로 돌아가려던 참인데 함께 가겠소?"

"그래도 되겠소?"

"물론이오."

산은 모든 것을 포용하는 만큼 산에서 만난 사람들은 그만큼 인심이 좋았다.

태하는 그들을 따라서 인근 마을로 향했다.

*   *   *

동부시베리아 사하공화국 서북부에 위치한 오야비히.

이곳은 수렵이나 목축으로 생계를 꾸리는 작은 마을이었다.

원래는 북해표국과 같이 서쪽 빙하지대나 북해도 인근으로 행상을 하던 마을이었는데 2차 세계대전을 거치면서 지금과 같은 모습이 되었다.

인간의 생업이란 원래 세월을 거치면서 진보하게 마련이지만 오야비히처럼 고립되는 경우도 있었다.

태하는 이곳에서 며칠 묵으면서 사하공화국의 수도인 야쿠츠크로 이동할 수 있는 수단을 알아보기로 했다.

그가 가장 먼저 찾은 곳은 오야비히의 촌장 이고르의 집이었다.

이고르는 트래킹 중 길을 잃었다는 태하를 위하여 선뜻 직접 자신의 집 다락을 내어주겠다고 했다.

태하는 이고르의 제안에 손사래를 치며 호의를 한번 물렸다.

"아무리 그래도 처음 보는 이방인에게 집을 내어주시다니, 너무 후한 것 아닌지요."

"하하, 그렇게 내외할 필요는 없어. 우리 마을에 손님이 찾아온 것이 도대체 얼마만인지 모르겠기에 베푸는 호의일세. 물론 식사와 숙소에 대한 값은 받을 것이네. 그것이 우리 마을의 관례거든."

"물론입니다. 만약 시키실 일이 있거든 언제든 저를 찾으십시오."

"하하, 알겠네."

그는 자신의 딸 레냐를 시켜 태하를 맞이하도록 했다.

"레냐, 오늘은 민박을 하는 손님이 묵을 거다. 다락을 치우고 갈아입을 옷을 좀 제공해 주거라."

"예, 아버지."

이고르의 딸 레냐는 마을에 몇 안 되는 처녀 중 가장 나이가 많은 여자인데, 올해로 서른다섯이 되었다고 한다.

그녀에 대한 얘기는 차를 타고 오는 도중에 몇 번인가 들은 태하이기에 대략적인 정보는 알고 있었다.

하지만 자세한 내막은 알 수 없기에 그저 사정에 대해 추론할 뿐이다.

'아마도 혼기를 놓쳐 아버지와 함께 살고 있거나 뭔가 사정이 있어서 이곳이 있는 모양이지.'

그러나 그녀에 대한 지나친 관심은 결례일 테니 그는 알아서 입을 다물었다.

그녀는 태하를 다락으로 안내했다.

"이쪽으로 오세요. 다락을 치우는 동안 우리 오빠 방에서 적당히 입을 수 있는 옷을 드릴게요. 옷이 많이 젖었네요."

"고맙습니다."

그는 오랜만에 사람이 사는 집에서 잠을 잘 수 있게 되었다.

*　　　　*　　　　*

레냐의 오빠라는 사람이 살던 방에는 각종 박제와 총기류로 가득했는데, 구석구석에는 트로피 같은 것이 꽤 많이 보였다.

태하는 환하게 웃고 있는 청년의 사진을 바라보며 그녀에게 물었다.

"오라버니께서 꽤나 운동에 소질이 있으셨던 모양입니다. 사격도 잘하셨고요. 상장이 대부분 삼보나 사격대회 같은 것에서 받은 것이군요."

"어려서부터 사냥만 하고 살아와서 그래요. 지금은 러시아 정부에서 일하고 있고요."

"아하, 그렇군요."

그제야 구석에 걸려 있는 러시아 군인들이 쓰는 자주색 베레모에 군복을 입은 사진들이 눈에 들어왔다.

아마도 그는 군에서 오래 복무하다가 정부처로 자리를 옮긴 모양이다.

"아무튼 덩치가 엇비슷해서 다행이에요. 당신도 우리 오빠만큼 운동을 좋아하시나 봐요. 체격 조건이 오빠와 비슷한 것을 보면 말이죠."

"그래 보입니까?"

"누가 보면 운동선수인 줄 알겠어요."

태하는 원래 운동과는 그리 가까운 사람은 아니었다.

군대를 장교로 다녀오긴 했으나 육군 참모부에서 받는 전술훈련만 집중했기 때문에 체력적인 안배는 그리 좋은 편이 아니었다.

또한 어려서는 수재라는 부담감 때문에 매일 경영학과 외국어, 법학 등 죽어라 공부만 할 수밖에 없었다.

그러고 보면 지금까지 그가 살아오면서 천하랑과 함께 땀을 흘린 시간이 처음으로 죽자 살자 운동한 것이다.

'또 하나의 추억거리가 생겼구나.'

천하랑은 태하에게 무공이라는 것을 가르침과 동시에 사람답게 사는 방법까지도 가르쳐 준 것이다.

그는 서른이 훌쩍 넘고 나서야 땀 흘려 얻는 것에 대한 기쁨을 깨닫게 된 것이다.

'이런 사부님을 제가 어찌 잊겠습니까?'

자신도 모르게 천하랑이 남긴 마지막 말을 곱씹어보는 태하다.

그래서일까? 조금 슬픈 표정이 된 그에게 레냐가 말했다.

"이봐요, 괜찮아요?"

"아, 예……."

"옷 갈아입고 나오세요. 식사 준비 할게요."

"네, 감사합니다."

이윽고 그녀가 방문을 나서자 태하는 주섬주섬 옷을 챙겨 입기 시작했다.

＊　　　＊　　　＊

늦은 밤, 태하는 마을회관에 있는 단 하나의 전화기를 미국 달러 1센트씩 주고 사용하기로 했다.

뚜우—

그는 자신의 상황이 지금 어디까지 치닫고 있는지 알아야 했기에 자신과 가장 가깝다고 생각한 세라에게 전화를 걸었다.

—연결이 되지 않아…….

핸드폰이 꺼져 있지는 않은데 전화를 받지 않았다.

"자는 건가? 아님 모르는 번호라서?"

평소 사생활 관리가 철저하던 그녀이기에 모르는 번호로 전화가 오면 절대로 받지 않았다. 태하는 아마도 그녀가 모르는 번호라서 전화를 받지 않는다고 생각했다.

이윽고 전화기를 내려놓은 태하는 가만히 생각에 잠겼다.

"흐음, 나에게 도움이 될 수 있는 사람이 얼마나 있나?"

우선 그의 머릿속에 떠오르는 사람은 함께 사모펀드를 조직한 친구들이었다.

"핫산과 라이언, 과연 이 친구들이 나를 어떻게 받아줄지 모르겠군."

핫산은 중동 석유재벌로서, 광범위한 정보력과 든든한 집안의 배경을 가지고 있는 사람이다.

물론, 핫산은 그가 찾아간다면 쌍수를 들고 반기겠지만, 핫산의 집안은 꽤나 보수적이기 때문에 결코 태하를 반기지 않을 것이다.

하지만 핫산만으로도 태하에겐 크나큰 힘이 될 것은 당연한 일이었다.

그다음 친구는 영국의 라이언. 그는 현재 미국과 영국을 오가며 펀드매니저 회사를 경영하고 있다.

월가 최고의 황금손이라고 불리는 라이언이기에 태하에게 아주 많은 도움을 줄 수 있을 것이다.

다만 라이언이 워낙 괴짜인지라 과연 지금과 같은 상황에 맞닥뜨렸을 때 어떤 표정을 지을지는 미지수다.

"실험적인 녀석인데……."

그리고 끝으로 그를 기필코 도와줄 사람, 바로 검사 박유주다.

아마도 유주는 지금쯤 태하를 찾기 위해 두 발에 땀이 나도록 뛰어다니고 있을지도 모른다.

"그래, 그 녀석만은 나를 배신하지 않겠지."

태하는 생각난 김에 그녀에게 전화를 걸어보기로 했다.

뚜우―

역시 생각보다 길어지는 통화음, 태하는 그녀가 자신의 전화를 받지 않으리라고 생각했다.

"이 녀석도⋯⋯."

그가 이내 수화기를 내려놓으려 하는데 뜻밖에도 끊어지기 바로 직전에 전화를 받았다.

─여보세요?

"유주?! 유주냐?!"

순간 그녀가 화들짝 놀라며 물었다.

─태, 태하?! 너 김태하야?!

"그래, 인마! 태하야! 잘 있었냐?"

그녀는 놀라 조금 큰 목소리로 전화를 받더니 이내 목소리를 줄였다.

─잠깐. 5분 있다가 다시 전화 걸어줘.

"그래, 알겠어."

태하는 5분 정도 기다렸다가 다시 그녀에게 전화를 걸었다. 그러자 그녀는 신호가 채 울리기도 전에 전화를 받았다.

─태하야, 지금 어디야? 나는 네가 정말 실종된 줄로만 알았잖아.

"뭐, 그럴 뻔했지. 하지만 운이 좋아 살아남았어."

─휴우, 다행이다. 나는 네가 살인교사 누명을 쓴 채 죽는 줄 알고 얼마나 놀랐는지 몰라.

"⋯그럴 수야 있나? 죽어서도 못 죽지."

전화를 받은 그녀는 지금 검찰의 수사 상황에 대해 말해주었다.

─들었는지 몰라도 검찰은 네가 살인교사를 명령했다고 최종적으로 결론지었어. 대한그룹에서 항소심을 걸었지만 기각되었지. 때문에 네 지분을 회사가 회수하는 방향으로 일이 틀어졌어.

"젠장, 그놈들이 회사를 들어먹으려 아주 작정한 모양이군."

─내가 평소에 친하게 지내는 형사가 한 명 있는데, 그 사람이 말하길 네가 용의자로 몰릴 수밖에 없는 상황을 누가 만들어놓은 것 같대. 정확한 것은 아니지만 그녀의 직감은 좋으니까 아마 절반은 맞을 거야.

태하는 자신이 겪은 일을 그녀에게 얘기하기로 마음먹는다.

"이건 전부 내 숙부와 사촌들이 벌인 짓이야."

─사촌? 사촌 누구?

"태우와 태형이가 짰더군. 잘못하면 시베리아 벌판에서 변사체가 될 뻔했지 뭐야."

─서, 설마……. 태우는 몰라도 태형이는 왜…….

"그러게 말이야. 나도 그게 궁금해서 미칠 지경이다. 어째서 나를 배신했는지 말이야."

그녀는 마음이 복잡한 듯 한숨을 내쉬었다.

─휴우, 네 말이 진실이 아니었으면 좋겠지만, 모두 다 진실

인 거잖아?

"물론이지. 인정하기 싫지만 내 동생과 부모님을 죽인 것도 전부 그놈들이야. 매일 그놈들의 심장을 꺼내 피죽을 쑤어 먹는 상상을 하곤 해. 그렇게라도 하지 않으면 죽어버릴 것 같았거든."

―그래서, 그래서 세라가 곧바로 고무신을 거꾸로 신은 것이구나.

"뭐라고? 세라가 뭘 어째?"

―아참, 몰랐겠구나. 세라와 태우가 다음 달에 결혼해.

"…뭐, 뭐라고?!"

순간 태하는 너무 몰라 수화기를 놓칠 뻔했다.

하지만 가까스로 무너진 정신을 다잡고 그녀의 얘기를 끝까지 들었다.

―네가 사라지고 난 후 태우가 세라를 위로한답시고 매일같이 술을 마시고 다음날까지 함께 있더라고. 그러더니 결국 혼전임신으로 결혼까지 하게 된 거지.

"빌어먹을……."

―하지만 어쩌면 이건 정해진 수순이었는지도 몰라. 어차피 두 그룹의 정략은 이뤄져야만 하는 것이니까.

"…그렇긴 하지만 배신감이 너무 크구나."

―운명이라고 생각해. 어쩔 수 있겠어?

이윽고 그녀는 태하에게 채찍질이 될 수 있는 정보를 하나
더 제공했다.

—그리고 태하야, 잘 들어. 이제부터 너는 죽어도 죽을 수
없는 목숨이야.

"그게 무슨 말이야?"

—네 동생이 살아 있어.

"뭐, 뭐라고?"

—네 동생이 살아 있다고. 식물인간 상태이긴 하지만 지금
대한병원에서 멀쩡히 살아 숨을 쉬고 있지.

"태린이가 살아 있다고?! 정말?!"

—그래. 지금 네 지분은 모두 태린이에게 넘어가게 될 상황
이고, 태우는 그것을 막기 위해 안간힘을 쓰고 있지. 또한 네
아버지가 남긴 추가 유언장이 공개되었어. 당신이 가지고 계시
던 지분 15%를 태린이가 갖도록 한 것이지. 이렇게 되면 김화
평 이사님의 지분과 네 지분이 합쳐져 태우의 지분율을 넘어
서는 정도가 될 거야. 때문에 태우가 태린이를 가만히 살려두
고 있는 것이고.

"허, 허어……!"

—알겠어, 내가 왜 네가 죽어도 죽은 목숨이 아니라고 했던
것인지?

"그렇구나. 내 동생 태린이가 살아 있었어!"

─태우 때문에 조금 위태롭긴 하지만 세간의 이목도 있고 나도 있으니까 함부로 하지는 못할 거야. 그러니 네가 다시 태린이를 데리고 갈 수 있는 방안을 찾아야지.

"그래, 그래야지. 아아, 신이 나를 돕는구나."

이러 그녀는 태하의 행보에 대해 물었다.

─그나저나 이제 너는 어쩔 거야? 이대로 한국에 들어올 수는 없을 테고.

"다 생각이 있어."

─계획이 있긴 있는 거야?

"물론이지. 그 계획에 따른 준비도 모두 마쳤어. 다만 시간이 좀 필요할 뿐이야."

─흠, 오래 걸릴까?

"그리 오래 걸리지는 않을 거야. 유주야, 부탁 좀 하자. 내 동생 태린이를."

태하의 걱정스러운 말투에 유주는 실망했다는 듯이 말했다.

─이 미친놈아, 우리가 남이냐? 네 동생이면 내 동생이지 무슨 부탁을 해? 지하에 계신 아버님이 들으시면 얼마나 서운해하시겠어?

"…그래, 고맙다."

─징그럽긴…….

"아무튼 그리 오래 걸리지는 않을 거야. 그러니 조금만 기다려 줘. 다시 당당한 모습으로 네 앞에 나타날게."

—그래, 알겠어. 꼭, 꼭 다시 돌아와! 약속이다?

"그래, 약속!"

—아참, 그리고 전화는 앞으로 되도록 발신 추적이 불가능한 대포폰으로 하도록 해. 구입 경로는 내가 설명해 줄 수가 없으니 좀 그렇지만. 나 역시 대포폰을 하나 구입하도록 할게.

"알겠어. 노력해 볼게."

—그리고 연락처가 생기면 꼭 나에게 남기고.

"물론이지."

—또 하나, 우리가 어렸을 때 사용하던 연락방 알지?

"아하, 전화 연락방 말이야?"

—그래, 그것. 내가 그 회사를 인수해서 정보통으로 사용하고 있어. 물론 가입된 사람은 거의 없고 수사망에서도 항상 제외되고.

태하와 유주가 20대를 보내던 시절에는 핸드폰과 함께 전화 연락방이라는 것이 등장했다.

삐삐가 없이도 음성 메시지를 주고받을 수 있기 때문에 젊은 청년들 사이에서 잠깐 인기를 구가했다. 하지만 핸드폰이 조금 더 대중화되면서 금세 자취를 감추었다.

그러나 유주는 그 회사를 자신이 인수하여 사용하다가 이
윽고는 검찰의 비밀수사망으로 사용하게 된 것이다.

　—연락방의 번호를 누르면 처음에는 없는 번호라고 뜰 거
야. 그 후에 8765를 누르면 곧바로 연락방으로 넘어가게 돼.
꼭 기억해야 해?

　"물론이지. 어떻게 잊을 수 있겠어."

　—하긴 네 머리가 어디 가겠어? 아무튼 너만 믿고 있을게.
꼭 다시 돌아와.

　"알겠어. 꼭 다시 돌아갈게."

　이윽고 두 사람은 전화를 끊었고, 태하는 눈을 감고 하늘
을 바라보았다.

　'아버지, 아버지가 저를 구해주셨군요. 태린아, 오빠가 간다.'

　이제 그는 계획을 조금 더 앞당기기로 했다.

＊　　　＊　　　＊

　이른 새벽, 태하는 이제 슬슬 일교차가 커져 극한으로 치닫
고 있는 동시베리아의 가을을 경험하고 있었다.

　사실 동시베리아는 여름이 그리 길지 않기 때문에 가을만
되어도 전부 두꺼운 셔츠를 입고 다녀야 할 정도이다.

　태하는 이른 새벽임에도 불구하고 난방이 전혀 되지 않는

것을 느꼈다.

"보통 사람은 참 춥겠군. 이 정도 날씨라니, 쉽지 않겠어."

가만히 잠을 청하고 있던 태하가 물을 마시기 위해 잠시 일어난 사이, 레냐가 다락문을 두드렸다.

똑똑!

"주무세요?"

"아닙니다. 들어오세요."

이윽고 문을 열고 들어선 레냐는 두꺼운 외투에 이불을 두르고 있었다.

코까지 빨개진 것을 보니 아마도 그녀 역시 아주 추운 날씨를 제대로 맞이하고 있는 것 같았다.

그녀는 태하에게 이불을 건네며 말했다.

"마을에 있는 공용 발전기가 고장 나는 바람에 난방이 되지 않네요. 간이 발전기로는 난방이 불가능하거든요."

"그렇군요. 그래서 이렇게 추웠던 것이군요."

"아무튼 이것이라도 좀 쓰세요."

태하는 추위에 덜덜 떨고 있는 그녀를 바라보며 측은지심을 느꼈다.

'얻어먹는 주제에 뭐라도 해줘야 할 것 같군.'

이윽고 태하는 이불을 받는 대신 그녀에게 발전기의 장소에 대해 물었다.

"갑시다. 제가 한번 보지요. 대학에서 취미로 공학을 공부
한 적이 있거든요."

"공학이요? 정말요?"

"100% 고친다고 장담은 할 수 없지만 지금보다는 나을 겁
니다."

"감사해요! 그럴 수만 있다면……!"

"아무튼 갑시다. 밥값은 해야지요."

"네!"

태하는 레냐를 따라 마을회관으로 향했다.

마을회관 지하에는 거대한 공용 발전기가 있었는데, 이곳의
터빈이 고장 나는 바람에 사람들은 벌써 한 달째 난방을 하지
못하고 있었다.

태하는 꽤나 오래된 것 같은 난방기기를 이리저리 둘러보더
니 단박에 고장 난 부분을 찾아냈다.

"터빈의 고무 호수와 내부 기기들이 녹슬어 부식되었군요.
한마디로 발전기를 들어내야 한다는 소리죠."

"아아……!"

"하지만 걱정하지 마십시오. 제가 응급처치를 해드릴 테니
당장 내일이라도 대도시에서 기술자를 불러오십시오."

"알겠어요."

"그럼 제가 수리하는 동안 회관 지상에 가 계시겠습니까?"

"네."

그녀가 지상으로 올라간 후 태하는 자신이 지니고 있던 호박석들을 일정한 간격으로 배열하더니 이내 중앙에 진석을 놓았다.

그리곤 진석에 내력을 불어넣어 진법이 발동하도록 했다.

우우우웅, 팟!

지금 태하가 사용한 진법은 특정 물체가 가장 처음의 모습을 잠시 동안 유지하게 해주는 회귀 진이다.

회귀 진은 대략적으로 한 달에서 한 달 보름이면 그 효력을 다하여 더 이상 사용할 수 없게 된다.

하지만 한번 발동하면 진석이 깨어져도 효과가 어느 정도 지속되니 아마 수리할 때까진 사용할 수 있을 것이다.

태하는 회귀 진으로 복구시킨 터빈을 다시 가동시켰다.

턱! 위이이이이잉!

이윽고 다시 돌아가는 터빈, 이제 마을에는 밤에도 전기를 펑펑 쓸 수 있는 여건이 마련된 것이다.

태하가 지하에서 지상으로 모습을 드러내자 마치 기다렸다는 듯 마을 사람들이 나와 있다.

그들은 태하가 발전기를 고쳐 준 것에 대해 감사해하며 술과 고기를 꺼내 들었다.

"이야! 자네 정말 대단하군! 숙박비는커녕 우리가 돈을 주어야겠어!"

"별말씀을요. 그냥 잔재주 좀 부린 것뿐입니다."

"하하! 겸손하긴."

"아무튼 기술자는 꼭 부르셔야 합니다. 그냥 임시방편으로 막아놓은 것뿐이거든요."

"알겠네!"

"자자, 그러지 말고 한 잔씩 하자고요! 이렇게 따뜻하게 자게 된 기념으로 말이죠!"

"좋지!"

마을 사람들은 태하가 보일러를 고친 것을 핑계 삼아 술을 퍼마시기 시작했다.

다음날, 태하는 마을 사람들의 호의로 인해 야쿠츠크까지 편안하게 승용차를 타고 갈 수 있게 되었다.

촌장의 딸 레냐가 직접 사람을 부르기 위해 야쿠츠크로 가기로 했고, 태하는 그 차를 얻어 타기로 한 것이다.

덕분에 야쿠츠크까지 이틀 만에 닿은 태하는 중앙광장에서 그녀와 이별하기로 했다.

"보일러 고쳐 주셔서 고마워요. 정말 뭐라 감사의 말씀을 드려야 할지 모르겠네요."

"별말씀을요. 당연히 해야 할 일을 했을 뿐입니다."

그녀는 태하에게 명함을 하나 건넸다.

"이건 제 오빠의 명함이에요. 필요하실 일이 없어야 하겠지만, 혹시나 러시아에서 무슨 일이 생기면 전화하세요. 마을의 사정을 해결해 주었다고 했더니 오빠가 명함을 건네주라고 했거든요."

"뭐, 이렇게까지……."

"아무튼 조심히 가세요. 앞으로 몸조심하시고요."

"물론입니다."

태하와 그녀는 작별을 고했고, 앞으로 얼마나 더 긴 인연으로 이어질지는 알 수 없는 일이다.

*   *   *

이 세상은 무릇 재화가 있어야 생활이 가능했다.

아무리 고강한 내공을 가진 태하라곤 해도 돈 없이는 어지간한 일을 할 수 없는 셈이다.

그는 제1창고에서 챙겨 온 금자 100개를 가지고 여행 경비를 충당하기로 했다.

야쿠츠크의 한 금은방에 들른 태하는 원의 인장이 지워진 금을 상인에게 팔 생각이다.

짤랑!

"어서 오세요!"

"금을 좀 팔러 왔습니다."

"금이요? 순도가 얼마나 되죠?"

"순금입니다."

"순금이라……. 일단 한번 볼까요?"

태하는 그에게 손가락만 한 금자를 하나 내밀었는데, 그 무게가 대략 500g가량 되었다.

금은방 주인은 금을 이리저리 둘러보더니 이내 몇 가지를 물었다.

"순도 측정을 해봐야 알겠지만, 99.99%의 순금은 아닌 것 같네요. 이것을 어디서 구매하셨죠?"

"집안 대대로 내려져 오는 가보 중 하나입니다. 사정이 여의치 않아서 팔려는 거지요."

"흠, 그렇다면 보증서는 없겠네요?"

"그렇습니다."

"좋아요. 그럼 신분증을 제시해 주신다면 순도 측정 후에 값을 지불해 드리도록 하겠습니다."

"…신분증이요?"

"네."

아주 기본적인 사안이었지만 태하는 신분증에 대해서는 까

마득하게 잊고 있었다.

'그래, 신분이 없었군. 이런……'

지금 태하는 지명수배 상태이기 때문에 신분증을 제시하는 즉시 인터폴의 귀에 이 사실이 들어갈 것이다.

그러니 최대한 기척을 숨긴 상태에서 여행 경비를 조달하는 편이 낫다.

그는 다시 금을 갈무리하며 말했다.

"…순금이 아니라니 조금 실망이군요."

"아직 확실한 것은 아닙니다. 그래서 순도 측정을 한다고 말씀드렸습니다만……."

"그래도… 돈이 안 된다면 가보를 팔아먹긴 좀 그러네요."

"뭐, 그렇다면야……."

"아무튼 잘 알았습니다. 그럼 저는 이만……."

가게 주인이 오해하지 않도록 적당히 잘 둘러댄 태하는 이내 신분을 만들기 위해 길을 나섰다.

*   *   *

늦은 밤, 야쿠츠크의 골목길.

"딸꾹! 이봐, 술 더 가져와!"

"이런 주정뱅이를 보았나?! 왜 남의 영업장 앞에서 지랄이야?! 안 꺼져?!"

"큭큭! 먹을 것이 있으니 파리가 꼬이는 거 아니겠어?"

야쿠츠크의 뒷골목에는 이따금씩 공짜 술을 얻어 마시기 위해 어슬렁거리는 노숙자들이 보였다.

태하는 그런 그들에게 다가가 슬그머니 돈다발을 내밀었다.

"돈 벌고 싶은 사람은 따라오시오."

"돈? 돈 좋지!"

총 다섯 명의 노숙자가 태하를 따라서 골목길 구석으로 향했고, 그곳에 따뜻한 고기와 함께 650년 된 위스키가 놓였다.

그는 다섯 명의 노숙자에게 차례대로 술잔을 돌리며 말했다.

"자, 한 잔 쭉 들이켜고 내 말을 잘 들어보시오."

"하하, 이게 웬 횡재래? 이런 귀한 술에 돈까지."

"나는 당신들의 신분증과 통장이 한 부씩 필요하오."

"신분증?"

"주민등록증이나 등본 같은 것 말이오. 만약 통장이 있다면 더 좋고."

"그것은 어디에다 쓰게? 우리 같은 비렁뱅이의 신분증이라고 해봐야 쓸 곳도 없을 텐데?"

"다 쓸모가 있어서 하는 것이오. 뭐, 범죄에 사용되는 것이 두려워 팔지 않겠다면 별수 없고."

"…그래서, 얼마에 사실 건데?"

태하는 그들에게 은괴 하나씩 건네며 말했다.

"신분증 하나에 은괴 하나, 통장 사본은 작은 금자 한 개. 어떻소? 이 정도면 남는 장사일 것도 같은데."

순간 금괴를 본 노숙자들의 눈이 휘둥그레졌다.

"오, 오오!"

"혹시 이것 때문에 우리가 피해를 보지는 않겠지?"

"그걸 말이라고 하시오? 어차피 당신들은 나에게 신분증을 도둑맞았다고 잡아떼면 그만 아니오?"

"흠, 그건 그렇군."

"자, 어서 결정하시오. 할 거요, 말 거요?"

"당연히 하고말고!

"나도!"

다섯 명의 노숙자는 태하에게 모두 신분증을 건넸고, 그중에는 통장이 딸린 것도 두 개 있었다.

태하는 그들에게 적당히 값을 치러주곤 곧장 자리에서 일어섰다.

"술은 덤이오. 알아서 잘 나누어 마시구려."

"고맙소!"

이윽고 태하는 인근의 모텔로 향했다.

*   *   *

모텔방 안으로 들어선 태하는 겉옷을 모두 벗고 침대 위에 앉아 가부좌를 틀었다.

"후우!"

방 안의 기류가 모두 후끈 달아오를 만큼 열정적이고 기묘한 건곤대나이가 한 차례 휘몰아져 붉은색 폭풍을 만들어냈다.

휘이이잉!

그는 어제 금을 팔아 남은 돈으로 방을 잡고 이곳에서 모습을 바꾸어 밖으로 나갈 요량이다.

지금 그가 사용하고 있는 무공은 사람의 근골을 일시적으로 비틀어 외형을 변화시키는 것으로 이 무공에는 생각보다 엄청난 인내심과 집중력이 필요했다.

"건곤대나이 변!"

뚜두두둑!

건곤대나이의 심결이 기혈을 따라 퍼져 나가면서 그의 온몸이 마치 찰흙처럼 물렁거리기 시작했다.

꿀렁!

"커흐윽!"

이윽고 그의 얼굴은 신분증에 있는 러시아 남자로 서서히 변해갔고, 이내 5분 만에 다른 사람의 모습이 되어버렸다.

떨리는 손으로 바닥을 짚고 간신히 자리에서 일어선 태하는 거울 앞에 서서 자신의 모습을 살펴보았다.

"흐음, 뭐 이 정도면……."

초록색 눈동자에 노란색 머릿결, 전형적인 러시아 남자의 모습을 보는 것 같다.

다만 골격 자체는 동양인에서 벗어날 수 없기 때문에 상당히 체격이 왜소해 보였다. 그러나 러시아 사람이 다 기골이 장대한 것은 아닐 테니 걱정할 필요는 없었다.

또한 신분증에 그 사람의 키나 몸무게가 기재되는 것은 아니니 당장 사용하는 데 불편함은 없을 것이다.

이윽고 태하는 건곤대나이 변의 심결을 다시 갈무리했다.

뚜둑!

"후우, 변신이라는 것이 결코 쉬운 일이 아니구나."

단 5분도 안 되는 시간 동안 변신을 유지하는 것도 힘든데 과연 어떻게 아랍까지 비행기를 탈지 의문이다. 하지만 그럼에도 불구하고 태하는 결코 멈추어 설 수 없었다.

"내가 죽는 한이 있더라도 해야 한다!"

아직 살아 있는 태린을 위해서라면 자신의 목숨도 기꺼이 내어놓을 수 있는 태하였다.

9. 잠룡

　서울 신림동에 위치한 대한병원.

　삐빅, 삐빅—

　이곳의 프라이빗 룸에는 대한그룹 전 회장의 딸 김태린이 긴 잠에 빠져 있다.

　의사들은 그녀를 살리기 위해 최선을 다하고 있었지만, 태린은 좀처럼 잠에서 깨어날 기미를 보이지 않고 있었다.

　대한그룹이 20년 전에 설립한 이곳 대한병원은 역사가 비교적 짧은 데 반해 실력이 출중한 명의들이 대거 포진해 있었다.

하지만 그들은 하나같이 태린의 상태를 당장 장담할 수 없다며 고개를 가로저었다.

순환기내과 제1과장 지형도는 태린을 찾아온 박유주에게 현재의 상태에 대해 이렇게 설명했다.

"의식 불명에 내장 파열, 거기에 각종 장기 손상까지 약해져 있어 가망이 있다고 장담하긴 힘듭니다."

"힘들다……."

"비록 지금은 기계에 의지하여 근근이 버티고 있긴 합니다만, 그래도 언제 심장이 멈출지 알 수가 없지요. 도대체 무슨 사고를 어떻게 당한 것인지는 몰라도 전신이 이렇게까지 골고루 아프기도 힘든데 말이죠."

유주는 하루에 한 번씩 병원에 들러 태린의 상태를 확인하고 있지만, 매일 똑같아 답답할 따름이었다.

그러나 얼마 전, 태하와 연락이 닿고 나선 왠지 모를 기대감에 차서 태린이 금방이라도 일어날 것 같은 착각이 들었다.

또한 태하가 누명을 벗고 제대로 사람 구실을 할 수만 있다면 태린 역시 당장 건강해질 것 같다는 생각이 자꾸 들고 있었다.

하지만 그전에 분명 태우가 손을 쓸 것이 뻔했다.

그녀는 지형도에게 고개를 꾸벅 숙이며 태린을 살려달라고 부탁했다.

"최대한, 최대한 그녀를 살릴 수 있는 쪽으로 치료해 주세요."

"저는 의사입니다. 당연히 환자를 살리기 위해 노력합니다."

"아니요. 저는 선생님께 최선을 다하라고 했습니다."

"아무리 저라고 해도 사람이 죽는 것은 천명이기 때문에……."

그러나 자꾸 확신을 피하는 의사에게 유주는 평소 잘 하지도 않던 협박을 구사했다.

그녀는 아까의 굽실대던 태도를 바꾸어 180도 달라진 눈빛으로 말했다.

"…이봐요, 선생님. 사람을 살리는데 무슨 말이 그렇게 많아요?"

"아, 아니, 그러니까……."

"이 세상에 털어서 먼지 하나 안 나오는 사람 있을까요? 당신, 의사로서 그렇게 떳떳하다면 어디 한 번 지금처럼 해봐요. 그 먼지 탈탈 털어서 아주 빨래통에 넣어버릴 테니까."

"그, 그런 말도 안 되는……."

"아참, 듣자 하니 고등학교생 아들이 사고를 참 많이 쳤더군요. 어때요? 특별법 잔뜩 매겨서 정신 차리게 해줘요?"

순간, 지형도의 눈이 번쩍 뜨인다.

"…저에게 도대체 왜 이러시는 겁니까?"

"왜 이러긴요. 어떻게든 태린이를 살리기 위해 이러는 거죠."

"……."

"명심하세요. 당신이 실책하는 순간 아드님은 청소년 교도소에서 1년, 그 이후엔 성인 교도소에서 젊음을 보내게 될 겁니다."

전도유망한 의사이자 순환기내과의 권위자인 지형도에게 단 한 가지 단점이 있다면 그것은 바로 아들 문제였다.

그의 아들은 고등학생임에도 불구하고 집단 폭행, 왕따 조장, 금품 갈취, 절도, 심지어는 차량 절도에까지 손을 대고 다녔다.

또한 주변 건달들이 스카우트하여 슬슬 조폭 숙소에 들어가겠다고 매일 으름장을 놓고 있었다.

아마 유주가 마음먹고 그를 수렁으로 밀어 넣는다면 젊은 시절을 전부 감옥에서 허비할 수도 있을 것이다.

하지만 지형도는 아들을 지독히도 아끼는 사람이었다.

"…살려놓기만 하면 되는 겁니까?"

"무슨 일이 있어도."

"좋습니다. 살려드리겠습니다. 하지만 제 아들 문제는 다신 거론하지 말아주십시오."

"물론이죠. 당신이 제대로 움직여주기만 한다면 말이죠."

"…걱정하지 마십시오."

이 정도 협박을 해두었으니 아마 지형도는 태우의 지시가 있다고 해도 절대로 그녀를 죽이지 못할 것이다.

그는 유주가 얼마나 지독한 검사인지 너무나도 잘 알고 있기 때문이다.

"그럼 잘 좀 부탁할게요."

"…여부가 있겠습니까."

이윽고 그녀는 병실을 나섰다.

*　　　*　　　*

역삼동에 위치한 제2대한빌딩.

새롭게 총괄이사 부회장으로 추대된 태우가 세라와 함께 스카이라운지에 앉아 있다.

두 사람은 이미 식을 올릴 날짜만 받아놓은 상태로 사실상 부부라고 볼 수 있었다.

하지만 어쩐지 세라의 눈빛은 사랑에 가득 차 있지 않았다.

그녀는 태우보다는 오로지 대한그룹의 주식에 관심이 있었기 때문에 그 어떤 얘기를 들어도 감흥이 없었다.

"스테이크 어때?"

"괜찮아."

"굽기는?"

"아무렇게나."

"와인은 뭐로 할까?"

"네가 먹고 싶은 것으로."

태우는 좀처럼 자신에게 마음을 열지 않는 세라에게 타이르듯 말했다.

"또 왜 그래? 이제 결혼도 해야 하는데 네가 너무 냉랭해서 신혼 분위기가 나질 않잖아."

"…우리가 무슨 신혼이야? 이미 아이도 가졌는데."

"그건 자연의 섭리에 의해 그렇게 된 거잖아. 이제 그만 받아들이고……."

세라는 불현듯 그에게 버럭 소리쳤다.

"뭐? 자연의 섭리?! 네가 철저하게 계획한 것은 아니고?!"

"…무슨 말이 그래? 애는 혼자 만드나? 어째 화살이 나에게 돌아오는데?"

"이 파렴치한 자식아! 네가 그런 말할 자격 있어?!"

"……."

그녀는 태하가 사라지고 난 후 며칠 동안 술에 절어 살았다. 그때 태우가 그녀를 위로한답시고 항상 술자리에 함께 있었다.

그러다 그녀는 몇 번인가 필름이 끊겼고, 그때마다 두 사람은 호텔방에서 서로를 탐닉하며 몸을 섞었다.

당시 때마침 배란기에 있던 그녀는 몇 번이고 거듭된 관계 탓에 덜컥 아이가 들어서고 말았다.

그래서인지 그녀는 항상 태우에게 불만이 많고 공격적인 말투로 일관했다.

하지만 태우는 그런 그녀를 보듬어주고 있었지만, 오늘만큼은 어쩐지 울컥 감정이 치밀어 오른다.

"…막말로 내가 억지로 아이를 갖게 만들었어?"

"뭐라고?"

"너도 좋아서 나를 따라온 거잖아? 태하가 없는 틈을 타 나에게 기대고 싶었던 거잖아? 아니야?"

"그, 그건……."

"너는 태하라는 그늘에서 벗어나 나라는 쉼터를 찾곤 했지. 나는 그때마다 너에게 어깨를 빌려주었어. 그때도 이런 식이었고. 맞지?"

"……."

태우는 그녀의 옆으로 자리를 옮기더니 작은 목소리로 귓가에 속삭였다.

"…아니, 어쩌면 안심하고 있을지도 모르지. 내가 회장이 된다면 네 뱃속에 있는 아이는 금수저를 물고 태어나는 셈이니. 그렇지 않아?"

"김태우!"

"아니라면 아니라고 말해봐! 내가 대한그룹의 실질적인 지배자가 되자마자 혼담이 오간 것, 이것이 증거라고 할 수 있지."

"최악이야, 너란 남자."

"후후, 그렇지만 너는 이런 나에게 기대어 살 수밖에 없어. 그러니 벗어날 생각은 아예 하지도 마."

세라는 집안의 장녀임이 분명하지만 정실부인의 자식이 아닌 첩의 자식이기 때문에 후계 구도에서 한참이나 밀려나 있었다.

하지만 그녀는 자신이 최고에 오르겠다는 당찬 야망을 품고 있는 여자였다.

해서 태하라는 인물을 자신의 사람으로 만들기 위해 무던히도 노력했다.

만약 지금 태우가 그녀를 버린다면 그녀는 집안에서 그저 그런 노처녀, 퇴물 취급을 받다가 어느 집안 첩실로 들어갈지도 모른다.

태우는 그 사실을 너무나도 잘 알고 있었고, 자신의 지독한 집착과 그 사실을 버무려 그녀를 속박하고 있었던 것이다.

이제 그녀는 원치 않는 임신을 한 여자가 되었지만, 동시에 금수저를 물고 태어날 아이의 어머니이기도 했다.

그것은 그녀에게 엄청난 권력을 가져다줄 것이다.

"…스테이크는 웰던이 좋겠어. 아무래도 아이에게 미디엄은 좀 그렇잖아?"

"후후, 그렇지. 잘 선택했어."

그녀는 아무런 일도 없었다는 듯 다시 메뉴판을 잡았고, 그는 평소와 다름없이 대화를 이어나갔다.

*   *   *

늦은 밤, 유주는 함께 있다는 두 사람을 찾아갔다.

스카이라운지에서 분위기 있는 식사를 즐기고 있던 두 사람은 유주가 나타나자 방긋 미소를 지어 보였다.

"어서 와, 우리 박 검사. 조만간 중앙본청으로 발령 날 것이라고 하던데, 사실이야?"

"뭐, 그거야 늘 떠도는 말이지. 본청에 들어앉는 일이 어디 그렇게 쉬운 일이던가?"

검사로서는 성공 가두에 오른 것이나 마찬가지인 본청으로의 이전은 그녀가 언제나 꿈꿔오던 일이다.

요즘 실적이 꽤 좋은 유주는 슬슬 본청에서 이전을 얘기하고 있었고, 그녀는 이제 꿈을 이룰 수 있게 된 것이다.

하지만 어쩐지 그녀의 표정은 썩 밝지가 못했다.

그녀는 형형색색의 촛불과 스테이크, 거기에 와인까지 마시고 있는 두 사람에게 물었다.

"…태우야, 너는 지금 이런 로맨틱한 식사가 목구멍으로 넘어가니?"

"그게 무슨 말이야?"

"네 형제가 지금 병원에 누워 있잖아. 그런데 너는 한 번도 들여다보는 기색이 없더라? 그래도 되는 거야?"

유주의 물음에 세라가 버럭 소리부터 지른다.

"어머, 얘! 무슨 말이 그래?! 태우가 뭘 어쨌다고?"

"됐어. 세라, 너는 가만히 있어. 태교에 안 좋아."

"그렇지만……."

벌써부터 부부처럼 구는 두 사람에게 유주는 혀를 차며 말했다.

"어쭈구리? 이젠 아주 짝짜꿍이 척척 들어맞는군. 하긴 그러니 애까지 가졌지."

"…박유주! 말조심하는 편이 좋아!"

"내가 뭘? 누가 보면 없는 말이라도 지어내는 줄 알겠네."

유주는 두 사람에게 아이의 신발로 보이는 상자를 하나 건넸다.

"받아. 내가 주는 마지막 선물이야."

"마지막? 무슨 마지막……."

"형제를 저버린 너희들에게 나는 더 이상 친구가 아니라는 소리지."

"…진심이냐?"

"지금까지 30년이 넘도록 나와 함께 지내오면서 헛소리를 들어본 적이 있는지 궁금하군."

"……."

이윽고 돌아서 스카이라운지를 나서려던 그녀가 빙그레 미소를 지으며 말했다.

"아참, 그거 알아? 잘하면 태하가 조만간 돌아올 수도 있겠어."

"…뭐라고?"

"아직 검찰에선 태하가 죽었다고 결론 내린 것은 아니거든. 그래서 인터폴에 공조 수사도 부탁한 것이고. 그런데 아무리 조사를 해봐도 태하가 죽었다는 단서가 없어. 그렇다는 것은 결국 뭘 의미할까?"

"……."

"그가 살아 있을 확률이 높다는 것 아니겠어?"

"…살아 있다는 증거도 없지."

"그거야 네 생각이고."

대한그룹은 태하가 실종된 지 3개월 만에 잠정적으로 사망했다고 결론 내렸고, 지금은 장례까지 모두 다 치른 상태였다.

그런 상황에서 만약 태하가 다시 돌아오는 일이 생긴다면 일이 상당히 복잡해질 것이다.

하지만 태우는 그녀의 심리전술에 말려들지 않기 위해 와인을 한 모금 넘긴 후 되받아쳤다.

"그래서, 놈이 돌아오면, 뭐? 지가 뭘 어쩌겠어? 삼촌 일가를 죽인 미친놈인데."

"그거야 더 두고 보면 알 일이고."

"……?"

"듣자 하니 정성식이 부산교도소에 있다고 하던데, 가봤어?"

"…누구?"

"넙치파 정성식 말이야. 너는 잘 알 것이라고 생각했는데 아닌가?"

순간, 태우가 보일 듯 말 듯 눈썹을 꿈틀거렸다.

하지만 그는 아무런 일도 없다는 듯 아주 자연스럽게 말을 받았다.

"정성식이라……. 잘 알지. 살인교사를 받았다고 자수한 놈 아니야?"

"그래, 맞아. 살인교사로 자수했지. 하지만 과연 놈이 누구의 사주를 받고 사람을 죽였을까?"

"…무슨 말이 하고 싶은 거냐?"

"후후, 글쎄다. 나도 요즘 정신이 좀 오락가락하는 것 같아

서 말이야. 내가 지금 무슨 소리를 하는 것인지는 조만간 알
게 되겠지."

한차례 소나기처럼 공격을 퍼부은 그녀가 돌아서자 태우는
입술을 짓깨물었다.

세라는 그런 두 사람을 바라보며 속으로 쓴물을 삼켰다.

           *   *   *

야쿠츠크 공항 출국심사대.

180cm가량의 러시아 남성이 검색을 받고 있다.

"신분증과 비행기 티켓을 제시해 주십시오."

"네, 알겠습니다."

그는 주머니에서 신분증과 비행기 티켓을 꺼내어 공항 직원
에게 내밀었다.

코마로프 안톤

러시아 항공 878기, 18:30 ―러시아발 ―아랍에미리트 두바이행

공항 직원은 코마로프 안톤에게 다시 신분증과 항공권을
되돌려주며 두 팔을 벌려 설 것을 지시했다.

"두 팔을 올려주십시오."

"네."

위이이이이잉.

금속탐지기가 그의 몸을 한 번 훑어 내렸고, 아무런 이상이 없다는 판정이 나온다.

"좋습니다. 들어가시면 됩니다."

"고맙습니다."

"즐거운 여행 되세요."

이윽고 검색대를 나온 안톤은 곧바로 아랍에미리트행 비행기 출입 게이트로 향했다.

이곳에선 항공사 직원들이 나와 티켓을 확인했다.

"어서 오십시오. 신분증과 티켓을 제시해 주시면 감사하겠습니다."

"그러지요."

그는 다시 한 번 티켓과 신분증을 건넸고, 승무원은 특유의 친절한 미소를 지었다.

"코마로프 안톤님, 안전하고 쾌적하게 모시겠습니다."

"예, 감사합니다."

안톤은 검은색 슈트에 흰색 와이셔츠, 그리고 검고 얇은 넥타이를 매고 있었다.

거기에 검은색 커프스와 은색 고정 핀까지, 흔히 볼 수 있는 깔끔한 중년 신사가 따로 없었다.

하지만 길게 뻗은 다리와 적당히 우람한 몸매, 거기에 떡 벌어진 어깨는 마치 운동선수를 연상케 했다.

승무원이 그런 그에게 한 차례 칭찬을 건넸다.

"넥타이 멋지네요."

"고맙습니다."

칭찬은 고래도 춤추게 한다고 했건만, 그는 여전히 옅은 미소로 일관했다.

곧이어 그는 항공기 출입구로 향했고, 조금 긴장된 표정으로 퍼스트 클래스로 향했다.

"후우."

유난히도 긴장한 기색이 역력한 그에게 승무원들이 다가와 불편 사항을 체크했다.

"혹시 비행공포증이라도 있으신지요?"

"…조금 피곤해서 그럽니다. 자면 나아져요."

"네, 알겠습니다."

항공사 입장에선 승객이 행여 잘못되기라도 한다면 책임을 져야 한다.

때문에 사전에 병이 있다면 반드시 체크하여 그에 맞는 조치를 취해야 하며, 만약 하늘에서 그가 심장마비를 일으킨다면 그에 따른 매뉴얼대로 움직여야 한다.

그러니 미연에 그 모든 것을 방지하는 편이 가장 좋은 길이다.

안톤은 이내 담요를 덮고 눈을 감았으며, 기장은 그가 비행기에 오른 지 얼마 되지 않아 비행을 시작했다.

─러시아 항공 878기를 찾아주신 승객 여러분께 감사의 말씀을 드립니다. 우리 항공기 러시아 야쿠츠크 공항을 떠나 중국 다롄, 싱가포르를 거쳐 아랍에미리트 두바이로 향합니다. 15시 30분, 비행기 이륙합니다. 저는 기장 자이제프 드미트리입니다.

위이이이잉!

비행기는 활주로를 따라 달리기 시작했고, 안톤은 손에 힘을 꽉 주며 고통스러운 표정을 지었다.

"으윽!"

쏴아아아아!

점점 더 빨리 달리던 비행기는 이내 공중으로 높이 떠올랐고, 안톤은 그제야 한숨 돌렸다.

"휴우."

한데 진땀을 흘리던 그의 얼굴이 아주 잠시 변했던 것 같다.

금발이던 머리는 흑청발로 변했고, 눈동자 역시 옅은 은색을 띠었다.

찰나의 순간이라 아무도 보지는 못했지만, 그것은 분명 동양인의 얼굴이 틀림없었다.

'큰일 날 뻔했다. 변이 풀릴 뻔했어.'

태하는 코마로프 안톤이라는 사람으로 변신하여 그에 걸맞게 행세하고 있었다.

일주일이라는 시간 동안 끊임없이 건곤대나이의 구결 '변', 즉 역골반태를 수도 없이 연마하여 나흘 동안 같은 모습을 유지할 수 있게 되었다.

하지만 그에겐 아직도 비행에 대한 공포증이 조금 남아 있어서 잠깐 집중력이 흐트러진 것이다.

그래도 이 찰나의 순간을 인지한 사람은 아무도 없으니 천만다행이라고 해야 할 것이다.

'다시는 이런 일이 없도록 조심해야겠어.'

그는 자신의 등에 매달려 있지만 다른 사람들의 눈에는 보이지 않고 스캔에도 발각되지 않는 한빙검을 한번 쓰다듬었다.

'우리는 할 수 있다. 너와 내가 간다면 못 이룰 것이 없어.'

태하는 지금 가장 문제이던 신분을 완벽하게 획득하면서 500개의 금자를 금은방에 꽤 괜찮은 가격으로 판매할 수 있었다.

덕분에 당장 일을 하지 않아도 충분히 생활할 수 있는 자금을 마련하게 된 것이다.

이제 태하는 이 자금으로 친구들과 접선할 계획이다.

그는 비행기가 이륙한 후 친구 핫산에게 자신을 상징하는 몇 가지 사진을 첨부하여 메일을 전송했다.

그러자 얼마 지나지 않아 답신이 도착했다.

딩동!

[누구십니까? 누구인데 내 친구의 물건을 가지고 있죠?]

[그냥 좀 아는 사람입니다. 이를테면 심부름꾼이라고 할까요?]

[내 친구는 지금 어디에 있습니까? 당신들은 테러리스트입니까?]

[아닙니다. 하지만 때에 따라선 그렇게 될 수도 있지요.]

[좋습니다. 평화롭게 해결하죠. 어디서 만날까요?]

[두바이 마즈사 호텔에서 만납시다.]

[시간은요?]

[제가 알아서 통보합니다.]

태하는 핫산과 라이언을 사모펀드에 끌어들이면서 나름대로의 인장을 만들었다.

그것은 사모펀드 BSC홀딩스를 상징하는 반지에 새겨져 있었는데, 비상하는 매와 함께 여명이 떠오르는 형상이다.

그는 BSC홀딩스의 인장을 사진으로 찍어 전송시켰고, 핫산은 그가 납치되었다고 생각한 모양이다.

"그래, 아직 우리의 신뢰가 아주 죽은 것은 아닌 모양이군."

핫산에게 미안한 일이지만 그의 진심을 알아보기 위해 일부러 애매한 내용의 문자를 보낸 것이다.

하지만 고맙게도 핫산은 아직까지 태하를 잊지 않고 있었다.

"고맙다, 친구야."

그는 조금 나아진 기분으로 비행을 계속할 수 있게 되었다.

*　　　*　　　*

두바이 시가지에 위치한 나프 빌딩.

이곳은 핫산의 사무실이 있는 곳이다.

핫산은 석유회사 나프의 본사를 이곳에 세웠고 가업을 이어받아 한창 사업을 벌이고 있었다.

그런데 얼마 전 그에게 의문의 문자 메시지가 한 통 도착했다.

발신자는 조르예프 아르까디라는 이름의 남자로, 신원은 러시아인으로 판명되었다.

소식통에 의하면 그는 러시아에서 공장을 운영하다 부도를 맞아 지금은 행적이 묘연한 상태, 그러니까 잠정적인 노숙자 신세라고 했다.

그런 그가 태하의 반지를 가지고 있다는 것은 아무리 생각해도 앞뒤가 맞지 않았다.

"이상하군."

태하가 바보가 아닌 이상에야 그 인장을 아무에게나 넘기지는 않았을 것이다.

BSC홀딩스는 대한그룹의 지분을 상당수 가지고 있는 사모펀드 에이마르 홀딩스와 아파린 투자신탁의 건물들을 대리명의로 가지고 있다.

또한 그들의 지분 역시 차명계좌로 엮어 이곳저곳에 분산시켜 놓았다.

만약 BSC홀딩스가 마음만 먹으면 에이마르 홀딩스와 아파린 투자신탁은 공중분해가 될 수도 있다는 소리다.

그런 저력을 가진 BSC홀딩스는 오로지 핫산과 라이언, 태하만이 제대로 된 영향력을 끼칠 수 있었다.

물론 지금은 표면적 등기이사들이 에이마르 홀딩스가 고용한 히트맨들에게 사살되어 대주주만 살아남은 상태이다.

그렇지만 그런 그들이라고 해도 지분을 모두 모은다면 꽤나 걸출한 한 방을 터뜨릴 수 있을 것이다.

이렇게 중요한 사안이 걸린 일에, 그것도 태하가 아무리 급박한 상황에 놓인다고 해도 자신의 인장을 아무에게나 줄 리가 없었다.

'도대체 뭘까?'

깊은 고민에 빠져 있는 핫산에게 비서실장 라일라가 다가와 물었다.

"무슨 일 있으십니까?"

"…아니, 아무것도 아니야."

"그렇군요. 그럼 이 결재 서류에 서명 좀 해주시죠."

라일라는 중동인 아버지와 루마니아 출신 어머니 사이에서 태어난 혼혈아로 170cm의 훤칠한 키에 탄탄한 몸매의 미녀이다.

하지만 이스라엘 특수부대에 10년 이상 근속했으며, 어린 시절에는 게릴라로 전전하던 무서운 인물이다.

아마 킬러로서의 기질로 따진다면 세계 최고 수준에 도달해 있을 터였다.

핫산은 불현듯 그녀의 특이한 이력을 다시 한 번 끄집어냈다.

"라일라."

"예, 사장님."

"자네, 혹시 싸움 좀 하나?"

"…무슨 의미인지요?"

"말 그대로일세. 괴한을 제압할 수 있느냐는 말이야."

그녀는 고개를 갸웃거리다 이내 답했다.

"정말 말 그대로 사람을 제압하는 일이라면 제가 전문가입니다. 원래 제가 이 회사에 들어온 것도 그런 이유 때문인 것으로 압니다만?"

"흠, 그건 그랬지. 하지만 자네의 실력을 제대로 본 적이 없어서 말이야."

"원하신다면 직접 경험하게 해드릴 수도 있습니다."

"…그건 사양하지."

핫산은 그녀를 이어 들어온 두 명의 수행비서에게도 질문했다.

"에밀리아, 멜리사, 잠시 이쪽으로 좀 와보게."

"예, 사장님."

"자네들도 싸움 좀 하나?"

"글쎄요, 무슨 의미인지……."

"말 그대로일세. 싸움 말이야. 사람 쥐어 패는 것."

"뭐, 그런 것이라면……."

에밀리아는 러시아인 아버지와 남미 출신 어머니 사이에서 태어난 재미교포다.

그녀는 미군 특작부대인 레드자칼에서 5년 동안 일했으며, CIA에서 3년 간 현장요원으로 일했다.

동남미 특유의 선을 가졌으면서도 러시아 백인의 특징이 모두 녹아든 그녀는 상당히 부드러운 외모를 가졌다.

하지만 전투가 한번 벌어졌다 하면 물불을 가리지 않는 것이 특징이다.

그런 에밀리아 곁에 있는 멜리사 역시 만만치 않은 여자인데, 그녀는 중국 정보부 출신의 프랑스 화교다.

아버지가 프랑스 외인부대 출신이며, 어머니는 중국 여성특수부대 출신이다.

때문에 어려서부터 특공무술은 물론이고 전장에서의 행동강령을 모두 몸에 익히고 있다.

다른 두 사람에 비해 작은 160cm 정도의 신장을 가지고 있지만, 그 날렵함은 타의 추종을 불허한다.

이렇듯 핫산은 여성 비서들을 모두 최고의 킬러로만 소집해서 고용했는데, 이것은 핫산의 집안 내력 때문이었다.

그의 6대 조부부터 계속된 암살 위협은 사람을 죽음의 공포 속에서 살아가도록 만들어 버렸다.

때문에 핫산 가문의 비서들은 전부 뛰어난 전투능력을 가지고 있을 수밖에 없었다.

그런 그녀들 중에서도 이 세 사람은 가히 최고 중의 최고라고 할 수 있었다.

핫산은 그녀들에게 태하의 반지를 보내온 사람의 문자를 보여주며 말했다.

"보게. 내 친구의 물건일세. 이런 물건을 가진 남자와 접선하기로 했어. 어떻게 하면 좋겠나?"

"일단 퇴로가 하나인 장소에서 보자고 하십시오. 인적이 드물면 더욱 좋습니다."

"인적이 드문 장소라……."

"우리 회사 소유로 된 수영장 펜션이 하나 있습니다. 적당히 시가지에 위치하고 있어서 그를 불러내기 좋을 겁니다."

"흠, 그러면 되겠군."

"제압하는 즉시 사살하는 것은 별로 좋지 않은 선택이니 저희 셋이 협공하여 생포하는 쪽으로 하시죠."

"알겠네."

핫산은 꽤나 결연한 표정으로 그녀들을 바라보았다.

"반드시 성공해야 하네. 내 친구의 목숨이 걸려 있어."

"물론입니다."

이윽고 그녀들은 다시 자신의 일에 집중했고, 핫산은 계속해서 그녀들을 따라 업무를 진행한다.

*　　　*　　　*

태하는 핫산이 두바이 마즈사 호텔에서 카프 비치텔로 약속장소를 바꾸었다는 말에 잘못하면 일전이 벌어질 수도 있겠다고 생각했다.

카프 비치텔은 꽤나 번화한 시가지에 위치해 있지만 전체적으로 보았을 땐 빌딩 숲에 둘러싸여 시야가 차단되어 있었다.

이곳에 있는 사람의 시야는 좁지만 밖에서 감시하는 사람들의 시야는 상당히 넓다는 소리였다.

더군다나 이곳은 너무 큰 빌딩들이 인접해 있기 때문에 도주경로를 짠다고 해도 결코 쉽사리 도망치지는 못할 터였다.

또한, 이곳은 핫산의 개인 별장과 같은 곳이니 쓸데없는 사람이 드나들 이유도 없었다.

그는 카프 비치텔에 약속 시간 30분 전에 도착하여 이미 자리를 잡고 앉아 있었다.

휘이이잉—!

태하는 아까부터 멀리서 불어오는 바람에 내공을 풀어 핫산이 고용했을 히트맨들의 위치를 찾아내고 있었다.

'으음, 세 명인가?'

그는 천마신공의 파상심법을 응용하여 히트맨들의 유무를 밝혀내곤 그들의 실력까지 파악해냈다.

파상심법은 상대의 눈동자 망막 너머에 있는 진기를 보고 상대방을 읽어내는 심법인데, 극성으로 익히게 되면 사람의 마음을 읽는 관심법에 도달할 수 있다.

태하는 핫산이 데리고 온 히트맨 중 가장 실력이 좋아 보이는 사람에게로 고개를 돌렸다.

'적어도 초화류에 도달했겠군.'

초화류(初化流).

무공을 일류, 이류, 삼류로 나눌 때 삼류의 최정상에 이르는 단계다.

이 경지에 이른 사람들은 이제 막 진기를 느낄 수 있을까말까 하는 상태에 이르러 있다.

만약 평범한 사람이 운기조식을 배우고 수련하면 초화류에 도달하기까지 1~2년가량이 소요된다.

하지만 현재 지구에는 이미 무공이라는 절학이 거의 다 사라졌기에 운기조식에 대한 비법은 전수되지 않았을 터였다.

'무공을 익히지 않은 초화류라… 대단한 녀석이군.'

사람이 내공의 운용이나 혈맥에 대한 이해 없이 초화류에 도달하려면 아무리 빠르게 쳐줘야 30년 정도의 시간이 걸릴 것이다.

그것도 오로지 무에 대한 깨달음과 선천적인 재능이 있어야만 가능한 일이다.

그런 면에서 봤을 때 저 히트맨은 일정한 경지에 이른 무인이거나 오래도록 실전을 겪어 온 베테랑일 확률이 높다.

'핫산이 인복이 좀 있군.'

태하는 가장 먼저 자신을 최단거리에서 지켜보고 있던 그녀에게로 걸음을 옮겼다.

뚜벅, 뚜벅.

정막이 흐르는 카프 비치텔에 태하의 발소리가 점점 크게 울려 퍼져 나갔고, 급기야 그녀가 매복해 있던 곳까지 당당하게 다가섰다.

"이곳에 사람이 숨어 있다니, 대단하군."

"허, 허엇!"

히트맨이 숨어 있던 곳은 커다란 탁자의 밑동이었다.

그들이 숨어 있는 곳은 탁자의 밑동, 수영장의 배수구, 마지막으론 담장 너머에 있는 쓰레기통 안이었다.

과연 그들은 이런 실전에서 한두 번 작전을 진행해 본 것이 아닌 것 같았다.

'전문가인 모양이다.'

태하는 탁자의 밑동을 발로 툭툭 찼고, 화들짝 놀란 그녀는 곧바로 자리에서 일어나 태하에게 달려들었다.

"보통내기는 아니군."

순간, 그녀는 곧바로 태하의 턱을 향해 발을 일자로 뻗어 올렸다.

팟!

인간의 시야는 전방과 턱 아래를 동시에 들여다볼 수 없기 때문에 상대방의 아래에서 일자로 다리를 뻗어 킥을 하게 되면 그 즉시 직격타를 맞게 된다.

"후후, 제법이긴 하지만 아직 무르군."

하지만 그런 발차기가 백 개 날아와도 태하의 옷깃 하나 스치기란 하늘에 별 따기일 것이다.

그는 곧장 몸을 비스듬히 꺾은 후 손등으로 그녀의 등을 살짝 밀쳤다.

그러자 그녀의 몸이 앞으로 쏠리면서 수영장으로 직행했다.

퍼억!

"끄흑!"

첨벙!

태하는 일부러 그녀를 수영장 배수구 쪽으로 날려버렸고, 그녀가 물에 빠지자, 수영장 수구에 대기하고 있던 히트맨이 곧바로 올라와 마취총을 발사했다.

핑핑!

'빠르군!'

마취총은 공기로 발사되는 총인만큼 바람의 영향도 많이 받는다. 그렇기 때문에 지금처럼 바람이 약간이라도 부는 상태에선 쉽사리 조준 사격을 할 수 없었다.

하지만 그녀는 아주 정확하게 태하의 머리를 노렸다.

'이 사람 역시 보통은 넘는 것 같은데?'

태하는 그 마취 총 탄환을 손가락으로 집어내더니 이내 종잇장처럼 구겨버렸다.

꽈드득!

"괴, 괴물?!"

"괴물이라… 괴물이란 과연 어떤 것을 말하는지 똑똑히 알려주도록 하지."

그는 아주 약간의 내력을 일으켜 수영장 물에 권풍을 날렸다.

'건곤일식 파!'

펑!

"꺄옥!"

단 일격에 저만치 나가떨어져 버린 그녀를 바라보며 태하는 다시 한 번 건곤대나이를 일주천했다.

'모두 기혈이 막혀 있군. 그것만 뚫어주면 더욱더 괜찮은 인재가 되겠군.'

아마도 막혀 있던 그녀들의 혈맥을 점혈해 준다면 지금의 경지보다 한 단계 위로 올라갈 수 있을지도 모른다.

'후후, 대신 좀 아플지도……'

이윽고 태하는 주먹에 권풍을 두르고 그녀들을 사정없이 두들겨 팰 준비에 들어갔다.

　　　*　　　　　*　　　　　*

라일라는 이 의문의 사내와 대결하면서 새삼 자신이 얼마나 우둔한 사람이었는지 깨달았다.

좌락, 좌락!

"무, 물 위를 뛰어다녀?!"

사람이 물 위를 뛰어다닌다는 것은 살면서 처음 들어보는 것으로, 성경에나 나오는 허구인 줄 알았다.

하지만 그는 물 위를 마치 단단한 땅처럼 박차고 달려와 그녀에게 손을 뻗었다.

퍼억!

"으헉!"

물 위를 뛰어다니는 것도 신기한 일이건만, 그는 굳이 주먹을 몸에 꽂아 넣지 않아도 펀치를 날릴 수 있는 것 같았다.

마치 에어건으로 복부를 맞은 듯 고통이 온몸에 퍼져 나간 그녀는 전기에 감전된 사람처럼 몸을 떨었다.

"허억, 허억!"

처음엔 그저 풋내기 협박범인 줄 알았는데 그녀는 생명의 위협까지 느끼고 있다.

'괴, 괴물이다! 이 사람은 진짜 괴물이야!'

지금까지 그녀는 수많은 사람과 자웅을 겨뤄보았지만 결단코 이토록 말도 안 되게 강한 사람은 처음이다.

이윽고 그는 곧바로 손바닥을 곧게 세우더니 따귀를 때리듯 그녀의 양쪽 볼을 마구 후려갈기기 시작했다.

퍽퍽퍽퍽퍽!

"철단익강(鐵鍛益强), 쇠는 두드릴수록 단단해지는 법이지!"

"어흐윽!"

고개가 춤을 추듯 좌우로 흔들리는 바로 그때, 담장을 넘어 멜리사가 날아들었다.

"실장님!"

"메, 멜리사?!"

"제가 구해드리겠습니다!"

"아, 아니야! 제발⋯⋯."

멜리사는 평소 그녀를 마치 우상처럼 여기는 사람이기 때문에 라일라가 맞고 있는 것을 마냥 지켜보지만은 않을 것이다.

어찌 보면 참으로 갸륵한 행동이지만 지금 그런 치기는 상황을 악화시킬 뿐이다.

"아, 안 돼! 이 사람을 흥분시키지 마!"

"오호, 내가 찾아가려 했는데, 알아서 찾아와주었군?"

"이야압!"

멜리사는 중국 특수부대에서 배운 유술로 남자를 타격했다.

부웅!

얼굴에 주먹을 한 방 날리는 듯 페인트 모션을 준 그녀는 곧바로 복부에 발경을 꽂아 넣을 준비를 했다.

남자는 그런 그녀를 바라보며 흥미로운 표정을 지었다.

"호오? 발경이라… 소림에서 무술을 배웠나?"

"시끄럽다!"

아마도 주먹을 피하고 반격하면 곧바로 그것을 되돌려 주려는 것 같았다.

하지만 이 괴물 같은 남자에게 그런 상식적인 방법이 통할 리가 없었다.

휘릭, 퍼억!

그는 시계방향으로 손을 살며시 휘둘렀고, 그녀는 단 일격에 공중으로 붕 떠올라 시계방향으로 한 바퀴 회전한 뒤 떨어져 내렸다.

쿠웅!

"커흐윽!"

"너무 단단하면 부러지는 법, 유연해지는 법부터 다시 배워야겠군!"

퍽퍽퍽퍽!

비록 공기로 두들겨 패는 것이긴 하지만 그 충격이 생각보다 매워서 한 대 맞으면 정신이 번쩍 들 징도였다.

하지만 이상한 것은 맞으면 맞을수록 피가 시원하게 도는 느낌이 든다는 것이다. 그러나 이 세 여자는 그런 사소한 것에 신경 쓸 겨를이 없었다.

'크, 큰일이다! 이 남자를 도대체 어떻게……?'

바로 그때, 이번에는 가장 골칫거리인 핫산이 모습을 드러냈다.

"이놈! 네놈이 태하의 원수지?!"

철컥!

핫산은 권총을 꺼내들어 괴한에게 겨누었고, 괴한은 실소를 흘렸다.

"이런… 술 마시기 전에 기절부터 시켜서 미안하이."

핫산이 권총의 방아쇠를 당기려는 순간, 그의 주먹이 거칠게 전방으로 날아갔다.

"…풍!"

파앙!

소방서에서 사용하는 살수대처럼 강력한 공기를 뿜어낸 그의 주먹으로 인해 핫산은 정신을 잃어버렸고, 괴한은 고개를 가로저었다.

"쯧쯧, 하여간 다혈질이라서 문제야."

그는 핫산을 어깨에 걸쳐 메더니 이내 펜션 안으로 들어갔다.

*　　　　*　　　　*

카프 비치텔의 거실 안.

태하는 아직도 눈동자가 희미해져 있는 핫산을 바라보며 말했다.

"어떻게 나를 못 알아볼 수가 있지? 자네도 참."

"내가 자네를 알아볼 겨를이 어디 있었나? 그리고 겉모습이 조금 바뀐 것 같은데."

"뭐, 아무튼 이렇게 만났으니 된 것이지. 안 그런가?"

"그렇긴 하지."

태하는 권풍으로 두드려 정신을 차리게 만든 그녀들을 바라보며 말했다.

"아까 때린 것은 미안하게 되었어. 그렇다고 주먹으로 직접 때린 것은 아니니 그냥 산소 마사지 받았다고 생각해."

"…괘념치 마십시오. 괜찮습니다."

"그럼 다행이고."

그녀들의 얼굴은 방금 전에 비하면 눈에 띄게 좋아졌다. 그 이유는 태하가 그녀들에게 벌모세수를 해주었기 때문이다.

이 세 사람은 초화류에 도달했거나 그에 약간 못 미치는 경지였기 때문에 충분히 벌모세수만으로도 기혈을 뚫어줄 수 있었다.

하지만 벌모세수는 갓난아이에게 해줘야 100%의 위력을 발휘하기 때문에 그녀들은 기혈이 뚫리고 신체능력이 약간 좋아진 정도에 그칠 뿐이었다.

아마 그녀들이 내일 아침쯤 되었을 때엔 전혀 새로운 느낌으로 잠자리에서 일어나 생활할 수 있게 될 터였다.

아까의 일로 조금은 어수선해진 장내.

핫산은 그런 분위기를 정리하기 위해 본론으로 넘어갔다.

"그나저나 어떻게 된 건가? 자네가 어째서 현상수배범으로 몰린 거야?"

"…좀 복잡한 사정이 있다네. 들어줄 텐가?"

"자네의 얘기라면 하루 종일 들어도 괜찮아."

핫산은 태하를 술병이 가득한 바로 안내했다.

약 세 시간 후, 핫산은 태하에 대한 모든 얘기를 전해 들을 수 있었다.

그는 태하의 얘기를 전해 듣곤 연신 무거운 신음을 흘렸다.

"일이 꽤 복잡하게 되었어. 조폭은 물론이고 마피아, 잘하면 제3세력도 개입했을 수 있겠군."

"내 생각도 같아. 하지만 정보가 부족해. 내가 가지고 있는 정보는 제네럴 사가 우리 그룹에게서 일련의 대가로 돈을 받았다는 것뿐."

핫산은 제네럴 사가 어떤 곳인지 설명했다.

"자네가 사라지고 나는 먼저 제네럴 사가 어째서 뇌물을 받았는지 알아보았다네. 그런데 아주 재미있는 사실을 알아냈지."

"재미있는 사실?"

"자네의 선친께서 에이마르 홀딩스를 세우실 당시, 이곳에서 가장 먼저 투자한 기업에 어디인 줄 아나? 바로 제네럴 사일세."

순간, 태하는 고개를 갸웃거렸다.

"그런 사실이 있었나?"

"그렇다네. 잊고 있는 것 같은데, 에이마르 홀딩스는 비공식 사모펀드일세. 그들이 개인투자를 하는 것은 어떻게 할 수가 없어. 아마도 그들은 회장 명령 외에 자신들의 비자금 조성을 위해 제네럴 사에 지분을 투자한 것이지."

"흐음, 그랬군."

"아마도 에이마르 홀딩스에 꽤 많은 흑 자본이 유입되어 있으니, 제네럴 사 같은 무기 상인과 손을 잡아 세력을 넓히는 데 사용했겠지."

핫산은 이번 사건의 열쇠가 에이마르 홀딩스에게 있다고 설명했다.

"자네도 짐작은 하겠지만 이번 사건은 에이마르 홀딩스를 되찾는데 그 실마리가 있다네. 그런데 일단 이들을 인수하자면 BSC홀딩스를 복원하는 것이 중요해."

"흐음, 그건 그렇지만 문제가 하나 있어. 에이마르 홀딩스에서 히트맨을 풀어 대부분의 등기이사가 사망하고 말았어. 남은 것은 대주주 한 명뿐이야. 아마 그가 죽으면 BSC홀딩스도 끝장이겠지."

"이런……!"

에이마르 홀딩스는 대한그룹 사태 때 자신들의 발목을 잡았던 BSC홀딩스를 파괴하기 위해 자신들의 세력을 동원하여 등기이사를 모조리 죽여 버린 것이다.

그 결과, 회사가 거의 완파 직전에 놓여 있었다.

"내가 전면에 나서고 싶었지만 그럴 수가 없었어. 알다시피 BSC홀딩스가 돈세탁을 좀 많이 했어야지."

"그건 그렇지."

"이참에 자네가 이 일을 해결한다면 좋겠네만, 그렇게 하기가 어디 쉽겠나?"

태하는 그의 어깨를 가만히 두드리며 말했다.

"좋아, BSC홀딩스는 내가 되찾겠네."

"뭐? 그것은 말처럼 그리 간단한 문제가 아니야."

"알아. 하지만 불가능하지는 않을 것 같군."

태하는 그에게 잔을 내밀며 말했다.

"일단 영국으로 가자고."

"하지만……."

"괜찮아, 나만 믿으라고. 대신 자네가 나를 좀 도와줘. 그럴 수 있지?"

태하는 그가 뭘 어떻게 한다는 것인지 알 수는 없었지만, 일단 핫산을 믿어보기로 결심했다.

"좋아, 내가 자네를 믿지 않으면 누구를 믿겠나?"

"고마우이."

"후후, 별말씀을."

두 사람은 잔을 부딪쳤다.

『도시 무왕 연대기』 2권에 계속…

초대형 24시 만화방

신간 100%, 샤워실, 흡연실, 수면실(침대석), 커플석, 세탁기 완비

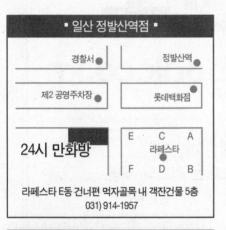

■ 일산 정발산역점 ■

라페스타 T동 건너편 먹자골목 내 객잔건물 5층
031) 914-1957

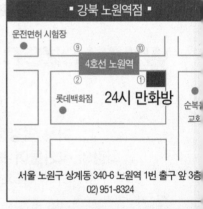

■ 강북 노원역점 ■

서울 노원구 상계동 340-6 노원역 1번 출구 앞 3층
02) 951-8324

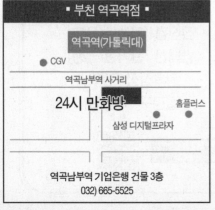

■ 부천 역곡역점 ■

역곡남부역 기업은행 건물 3층
032) 665-5525

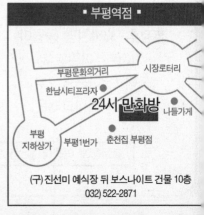

■ 부평역점 ■

(구) 진선미 예식장 뒤 보스나이트 건물 10층
032) 522-2871

FUSION FANTASTIC STORY

미더라 장편 소설

ODD LAWYER

Devil's Balance

괴짜 변호사
악마의 저울

『즐거운 인생』 미더라 작가의
2015년 대작!

현직 변호사, 형사, 프로파일러, 범죄심리학 전문가 자문으로
현장의 생생함을 그대로 담아낸 현대 판타지!

『괴짜 변호사 : 악마의 저울』

"제가 왜 한 번도 패소한 적이 없는 줄 아십니까?"

"……"

"저는 법으로만 싸우지 않거든요."

법의 칼날 위에서 춤추는 자들과의
치열한 공방이 펼쳐진다!

Book Publishing CHUNGEORAM

유행이 아닌 자유추구 -
WWW.chungeoram.com

가프 장편 소설

관상왕의
1번룸

FUSION FANTASTIC STORY

거대한 도시의 그늘에서 벌어지는
짜릿하고 통쾌한 이야기!

『관상왕의 1번룸』

텐프로의 진상 처리 담당, 홍 부장.
절망적인 삶의 끝에서 만난 남국의 바다는
그를 새로운 인생으로 인도하는데…….

쾌락을 원하는 거부, 성공에 목마른 사업가,
그리고 실패로 절망한 사람들이여.

여기, 관상왕의 1번룸으로 오라!

Book Publishing CHUNGEORAM

유행이 아닌 자유추구 -
WWW.chungeoram.com

떠운 장편 소설

FUSION FANTASTIC STORY

전공 삼국지

2세기 말 중국 대륙.
역사상 가장 치열했던 쟁패(爭覇)의
시기가 열린다!

중국 고대문학을 공부하던 전도형,
술 마시고 일어나니 도겸의 둘째 아들이 되었다?

조조는 아비의 원수를 갚으러 쳐들어오고
유비는 서주를 빼앗으려 기회만 노리는데……

"역시 옛사람들은 순수하다니까.
유비가 어설픈 연기로도 성공한 데는 다 이유가 있지, 암."

때로는 군자처럼, 때로는 효웅처럼!
도형이 보여주는 난세를 살아가는 법!

Book Publishing CHUNGEORAM

유행이 아닌 자유추구 -
WWW. chungeoram.com

이경영 판타지 장편소설

FANTASY FRONTIER SPIRIT

그라니트

용들의 땅

GRANITE

사고로 위장된 사건에 의해 동료를 모두 잃고 서로를 만나게 된 '치프'와 '데스디아'.
사건의 이면에 상식을 벗어난 음모가 있음을 알게 된 둘은
동료들의 죽음을 가슴에 새긴 채 각자의 고향으로 돌아간다.
2년 후, 뜻하지 않게 다시 만난 두 사람은 동료들의 복수를 위해
개척용역회사 '그라니트 용역'을 설립해 다시금 그 땅을 찾게 되는데……

용들이 지배하는 땅 그라니트!
그곳에서 펼쳐지는 고대로부터 이어지는 운명적 만남,
깊어지는 오해, 그리고 채워지는 상처.

『가즈 나이트』시리즈 이경영 작가의 미래형 판타지 신작!

Book Publishing CHUNGEORAM

유행이 아닌 자유추구 -
WWW.chungeoram.com

니콜로 장편 소설

FUSION FANTASTIC STORY

마왕의 게임

『경영의 대가』, 『아레나, 이계사냥기』
니콜로 작가의 신작!

『마왕의 게임』

마계 군주들의 치열한 서열전
궁지에 몰린 악마군주 그레모리는 불패의 명장을 소환하지만······.

"거짓을 간파하는 재주를 지녔다고?"
"그렇다, 건방진 인간."
"그럼 이것도 거짓인지 간파해 보아라."

"─나는 이 같은 싸움에서 일만 번 넘게 이겨보았다."

e스포츠의 전설 이신, 악마들의 게임에 끼어들다!

Book Publishing CHUNGEORAM

유행이 아닌 자유추구 ─
WWW. chungeoram.com